ふたりの星

ロイス=ローリー　作
掛川恭子　卜部千恵子　共訳
太田 大輔　絵

童話館出版

子どもの文学●青い海シリーズ・26

物語のはじめに

1914年、ドイツのオーストリア侵攻《しんこう》によって始まった第一次世界大戦は、1918年に終わりますが、ヨーロッパの国々の政治と人々の生活は混乱のなかにありました。特に、ドイツでは、莫大《ばくだい》な戦争賠償金《せんそうばいしょうきん》を課《か》せられ、折《おり》からの大恐慌《だいきょうこう》とあわせ、たいへんな不景気《ふけいき》でしたので、失業者《しつぎょうしゃ》も多く、民衆の不満はしだいに高まっていきました。そんななか、1933年にアドルフ・ヒトラーが率いる国家社会主義労働党《こっかしゃかいしゅぎろうどうとう》（ナチス党）が政権《せいけん》に就《つ》きます。

その一方で、ヨーロッパのなかで、旧約聖書の時代より、謂《い》われなき差別を受けつづけてきたユダヤ人は、国土を持たない民族のゆえに、独自のコミュニティで生活し、商売やビジネスの才覚《さいかく》によって、財《ざい》を築きあげていました。

ナチス党は、このようなユダヤ人への嫉妬心《しっとしん》や差別感情を利用し、不満の矛先《ほこさき》を彼らへ向けようと企《くわだ》てます。「自分たちが苦しいのはユダヤ人のせいだ」「ユダヤ人がいるから仕事がない」など、民衆の不満はふくれあがり、ナチス党はそれを操作《そうさ》し、誘導《ゆうどう》することで、たちまち、国民の支持を得ていきます。

でも、当時のドイツの人々が、ユダヤ人を虐殺《ぎゃくさつ》し、他国へ侵略《しんりゃく》することを、本気で支持していたわけではありません。そうではなかったはずなのに、いつしかそうなっていった…。そこに、真《しん》のこわさがあることを、私たちは学ぶ必要があります。

1939年、ドイツがポーランドへ侵攻《しんこう》し第二次世界大戦が始まると、ナチスによるユダヤ人迫害《はくがい》はますますひどくなり、ドイツ国内だけでなく、オランダやポーランド、デンマークなどにひろがります。ヨーロッパじゅうで捕《と》らえられたユダヤ人は、「強制収容所《きょうせいしゅうようじょ》」へ送られ、きわめて過酷《かこく》な環境のもと労働を強《し》いられたあげく、毒《どく》ガスなどで殺されてしまいました。その人数は、100万人から200万人とも言われています。

『ふたりの星』の物語は、そのようなナチスの支配下にあったデンマークが舞台です。

（編集部）

この物語の舞台となった、当時のデンマークとその周辺。

もくじ

ふたりの星

1　なぜ走っているのか？

「あの角《かど》まで競走よ、エレン！」

アネマリーは、背中にせおった重いかばんを揺《ゆ》すって、なかで傾いていた教科書を平《たい》らにしました。

「用意はいい？」

アネマリーは親友の顔を見て聞きました。

エレンは顔をしかめて笑いながら言いました。

「ううん、だめ。あなたに勝てるわけないの、わかってるじゃない——あなたの足のほうが、ずっと長いんだもの。ふつうに歩いていかない？　おぎょうぎのいい人みたいに」

アネマリーもエレンも十才です。でも、アネマリーはほっそりしているのに、エレンはずん

ぐりしています。

「金曜にある競技会《きょうぎかい》の練習をしなくちゃ――わたし、女子の徒競走《ときょうそう》で、今週はぜったいに勝つ。先週は二着《にちゃく》だったから、それから毎日、練習しているんだもの。やろうよ、エレン。お願い」

アネマリーは口で頼《たの》みながら、目ではコペンハーゲンの通りの次の角《かど》まで、どのくらいあるか、しっかりはかっていました。

エレンは、どうしようか迷っていましたが、ついにうなずいて、教科書のはいっているかばんをしっかりせおいなおしました。

「じゃあ、いいわ。用意……」

「ドン！」

アネマリーが大声で叫《さけ》んだのを合図《あいず》に、ふたりの少女はとびだして、住宅街《じゅうたくがい》の歩道を走っていきました。アネマリーのシルバーブロンドの髪が風になびき、エレンのおさげにした黒い髪が、ぽんぽん肩で揺《ゆ》れました。

「待ってえー！」

まだ小さいキアステンが、泣きべそをかきながら追いかけてきましたが、ふたりは聞いていませんでした。

アネマリーはたちまち、エレンを引《ひ》き離《はな》しました。片方の靴《くつ》のひもがほどけてしまいました。でも、そんなことはかまわずに、自分が住んでいるアパートのすぐ近くのオスタブロ通りをぐんぐん走っていき、コペンハーゲンの町の北東部に並んでいる、小さな店やカフェの前を駆けぬけました。黒い服を着て、ひもで編《あ》んだ買い物袋をさげて歩いているおばあさんを、笑いながらよけました。赤ちゃんを乗せた乳母車《うばぐるま》を押している若い女の人は、わきに寄って道をあけてくれました。通りの角《かど》は、もうすぐそこです。

やっと着きました。アネマリーはハアハア言いながら、顔をあげました。とたんに、アネマリーの顔から笑いが消えました。一瞬、心臓《しんぞう》の動きが止まったような気さえしました。

「ハルト！」兵隊が、こわい声で命令しました。

ドイツ語は聞《き》き慣《な》れていましたが、それでもおそろしいことに変わりありませんでした。それにしょっちゅう聞いてはいても、直接、自分が何か言われたのは、そのときが初めてだったので、なおさらでした。

少し離《はな》れたところで、エレンも走るのをやめて、立ち止まっていました。ずっとうしろのはうから、小さなキアステンがのろのろ歩いてきました。アネマリーたちが待っていてくれなかったので、ふくれっ面《つら》をしています。

アネマリーは目を見張りました。兵隊はふたりでした。つまり、鉄かぶとがふたつ並んでいて、その下から、四つの冷たい目がアネマリーをにらんでいて、ぴかぴかの長靴《ちょうか》が四つ、根がはえたように歩道に立ちはだかって、アネマリーが家に帰る道をふさいでいたのです。

それに、兵隊がふたりいるということは、その手に握《にぎ》られている銃《じゅう》もふたつあるということでした。アネマリーは真っ先にその銃《じゅう》を見つめました。そのあとで、おそるおそる、止まれと命令した兵隊の顔を見ました。

「なぜ、走っているのか?」

きびしい声でした。でも、とてもへたなデンマーク語でした。三年もいるのに。アネマリーは心のなかで軽蔑《けいべつ》しました。わたしたちの国にもう三年もいるのに、それでもまだわたしたちの言葉をちゃんと話せないなんて。

「お友だちと競走《きょうそう》していたんです」アネマリーはていねいに答えました。

「毎週、金曜日に、学校で競技会《きょうぎかい》があるので、いい成績をあげたいから、それで……」

アネマリーの声が小さくなって、最後まで言わないで消えていきました。あんまりしゃべっちゃだめ。アネマリーは自分に言い聞かせました。聞かれたことだけに答えるのよ。

アネマリーは、ちらっとうしろをふり返ってみました。少し離《はな》れたところで、エレンが歩道にくぎづけになっています。ずっとうしろのほうから、まだ、ふくれっ面《つら》のまんまのキアステンが、アネマリーたちがいる角《かど》に向かって、のろのろ歩いてきます。すぐそばの店で、女の人が戸口に現れて、黙《だま》ってこっちを見ていました。

背の高いほうの兵隊が、アネマリーのそばにきました。よく見かける兵隊です。アネマリーとエレンはその兵隊にこっそり、〝キリン〟というあだ名をつけました。背がとても高くて、かたい襟《えり》から、長い首がひょろりと突きだしているからです。キリンと、もうひとりの兵隊は、いつもこの通りの、この角《かど》に立っているのです。キリンが銃《じゅう》の尻《しり》で、アネマリーのかばんのすみをつつきました。アネマリーは震《ふる》えあがりました。

「何が、はいっている?」

キリンが大声で聞きました。店の戸口に立っていた女の人が、そっと奥に引っこんで見えなくなったのを、アネマリーは目のはしでとらえました。

「教科書です」

アネマリーは本当のことを言いました。

「勉強は、よくできるのか？」

キリンが聞きました。ばかにして笑っているみたいでした。

「はい」

「名前はなんというのだ？」

「アネマリー＝ヨハンセンです」

「おまえの友だちは――あっちもよくできるのか？」

キリンはアネマリーを通り越して、まだ動けないでいるエレンを見ました。

アネマリーもふり返って見ました。いつもはバラ色のエレンのほおから、すっかり血の気《け》が引いて、黒い目ばかりいやに大きく見えました。

アネマリーはキリンに向かって、うなずきました。

「わたしより、よくできます」

「なんという名前だ？」

「エレンです」

「それで、これは？」

キリンはアネマリーの隣《となり》を見て聞きました。キアステンがだしぬけに現れて、みんなをにらみつけていました。

「妹です」

アネマリーはキアステンの手を握《にぎ》ろうとしました。でも、キアステンはいつもどおり頑固《がんこ》に、手を握《にぎ》られるのをいやがって、けんかごしで腰に手を置きました。

キリンが手をのばして、キアステンのくるくるカールしている短い髪をなでました。じっとしていらっしゃい、キアステン。アネマリーは口にはだせない言葉で言い聞かせて、強情《ごうじょう》な五才の妹が、なんとか自分の気持ちを察《さっ》してくれるように祈りました。

けれど、キアステンは手をあげて、キリンの手を払《はら》いのけて怒鳴《どな》りました。

「やめてよ」

兵隊はふたりそろって笑いだしました。そして、ドイツ語で早口で話しはじめたので、何を言っているのか、アネマリーにはわかりませんでした。

「かわいい子だ。うちの娘にそっくりだ」

キリンが、まえよりやさしい声で言いました。

アネマリーは愛想笑《あいそわら》いをしようとしました。

「おまえたちみんな、家に帰れ。勉強しろ。それに、走るんじゃない。町のチンピラみたいに見えるぞ」

ふたりの兵隊は行ってしまいました。アネマリーはすかさずもう一度手をのばして、有無《うむ》を言わせず、キアステンの手を取りました。アネマリーはキアステンを引きずるようにして、角《かど》を曲がりました。すぐにエレンが追いついてきて、隣《となり》に並びました。アネマリーとエレンはキアステンを真ん中にして、なんにも言わずに、両方の家族が住んでいる大きなアパートに向かって、大急ぎで歩いていきました。

家のすぐそばまできたとき、ふいにエレンが小さな声で言いました。

「すごくこわかったわ」

「わたしも」

アネマリーも、声を小さくしたままで言いました。

アパートの前までくると、ふたりともまっすぐ入り口だけ見て、なかにはいりました。アパートの角《かど》にも、銃《じゅう》を持った兵隊がふたり立っているので、その兵隊に見とがめられたり、注意を引いたりしないように、わざとそうしたのです。キアステンは真っ先になかにはいっていきましたが、そのあいだじゅう、お母さんに見せようと思って幼稚園《ようちえん》から持って帰ってきた絵のことを、しゃべりつづけていました。キアステンにとっては、兵隊は町の景色の一部でしかありませんでした。昔からずっと、生まれたときからずっと、いつも通りの角《かど》ごとに立っている、ごくあたりまえのもので、街灯《がいとう》となんの違いもありませんでした。

「お母さんに話す?」

重い足を引きずって階段をのぼっていきながら、エレンがアネマリーに聞きました。

「わたしは話さない。心配させたくないから」

「わたしも言わない。通りで走ったことを叱《しか》られるにきまってるもの」

アネマリーは二階でエレンとさよならを言って別れてから、三階まであがっていくあいだに、お母さんに元気よく「ただいま」を言う練習をしました。まず、にっこり笑って、それから、今日とてもよくできた書き取りのテストのことを話せばいいでしょう。

ところが、手おくれでした。キアステンが先に着いていたのです。

「それでね、その兵隊が、アネマリーのかばんを鉄砲《てっぽう》でつっついて、それから、あたしの髪の毛をつかんだんだよ！」

キアステンは居間《いま》の真ん中でセーターを脱ぎながら、しゃべっていました。

「だけど、あたし、ちっともこわくなかった。アネマリーはこわがってたけど。エレンも。でも、あたしは平気だったんだよ！」

ヨハンセン家《け》のお母さんが、それまで座っていた窓ぎわの椅子《いす》から、急いで立ちあがりました。ローセン家《け》のお母さん、つまりエレンのお母さんも、向かいの椅子《いす》に座っていました。いつもの午後のように、ふたりでコーヒーにしているところだったのです。コーヒーといっても、もちろん本物のコーヒーではありませんが、それでもお母さんたちはいまだに、「コーヒーにする」と言っていました。ナチスに占領《せんりょう》されてから、コペンハーゲンから、本物のコーヒーは姿を消してしまいました。本物のお茶もなくなりました。お母さんたちが飲んでいるのは、ハーブで香りをつけたお湯でした。

「アネマリー、何があったの？キアステンはなんの話をしているの？」

お母さんが心配そうに聞きました。

「エレンはどこ？」

ローセンのおばさんの顔は、恐怖《きょうふ》で引きつっていました。

「帰ったわ。おばさんがうちにいるのを知らなかったから」

アネマリーが説明しました。

「心配しないで。たいしたことじゃなかったの。オスタブロ通りの角《かど》に、兵隊がふたり立っているでしょ——見たことあるわよね。ほら、ひとりのほうは背が高くて、首が長い。そう、あのまぬけなキリンみたいに見える人」

アネマリーはお母さんとローセンのおばさんにさっきの出来事を、なんでもないひどくおかしなことだったというように、話して聞かせました。それでも、お母さんたちの不安そうな表情は消えませんでした。

「あたし、兵隊の手を引っぱたいて、怒鳴《どな》ってやったんだよー」

キアステンが得意そうに言いました。

「うそ、そんなことしなかったわよ、お母さん。キアステンったら、おおげさなことを言ってるだけ。いつもそうなんだから」

アネマリーはお母さんを安心させようとしました。

お母さんは窓のそばに行って、下の通りを見おろしました。アパートのまわりは静かでした。いつもと変わったようすはありませんでした。人が店をでたり、はいったりしていますし、子どもたちは遊んでいますし、街角《まちかど》には兵隊が立っています。

お母さんがローセンのおばさんに、低い声で言いました。

「最近のレジスタンスの動きのせいで、あっちも神経をとがらせているんですよ。ヒレロズとノアブロで爆破事件《ばくはじけん》があったことを、『自由デンマーク』でお読みになりました?」

アネマリーはかばんから教科書をだすのに気をとられているふりをしていましたが、ちゃんと聞いていましたし、お母さんが何を言っているのかも、ちゃんとわかっていました。『自由デンマーク』は非合法《ひごうほう》の新聞です。ときどきピーター＝ニールセンが持ってくるのですが、小さく折りたたんで、ふつうの本や新聞のあいだに隠《かく》してありますし、お父さんが読んでしまうと、お母さんが必ず燃やしていました。それでもアネマリーは、ときどき夜になるとお父さんとお母さんがその新聞で知ったニュースについて話し合っているので、それとなく聞いて知っていました。ナチスドイツへの妨害行為《ぼうがいこうい》があったとか、軍事物資を生産する工場に何個も隠《かく》されていた爆弾《ばくだん》が爆発《ばくはつ》したとか、工場地帯の貨物線《かもつせん》が破壊《はかい》されて、何も運びだせなくなったとか。

アネマリーは、レジスタンスが何かも知っていました。その言葉を初めて聞いたときわからなかったので、お父さんに聞いたら、説明してくれたのです。レジスタンスの戦士たちは、デンマークの人たちで――誰がそうなのかは、誰も知りません、秘密にしているからです――あらゆる機会をとらえて、ドイツ軍に打撃《だげき》を与えようとしています。ドイツ軍のトラックや車を破壊《はかい》したり、工場を爆破《ばくは》したりしています。とても勇敢《ゆうかん》な人たちです。ときには捕《つか》まって、殺されてしまうこともあります。

「エレンと話さなくてはならないので、失礼します。あなたたち、明日は違う道を通って学校に行かなくてはだめよ。約束してちょうだい、アネマリー。エレンにも約束させるから」

ローセンのおばさんはそう言いおいて、ドアに向かいました。

「ええ、そうします、ローセンのおばさん。でも、そんなことをしてもしょうがないんじゃないかな？　どの道のどの角《かど》にも、ドイツ兵が立っているんだもの」

「でも、そうしないと、顔を覚えられてしまうでしょ」

ローセンのおばさんは廊下《ろうか》にでようとして、ドアの前でふり向いて言いました。

「だいじなのは、町の人のひとりでいることよ、いつでもね。大勢のなかのひとりでいなくてはだめ。顔を覚えられるようなことは、くれぐれもしないようにね」

ローセンのおばさんは廊下《ろうか》にでて、ドアを閉めました。

「さっきの兵隊、あたしの顔は覚えてるよ、お母さん。だって、うちの娘にそっくりだって言ったんだもん。それに、あたしのこと、かわいいって」

キアステンがうれしそうに言いました。

「そんなにかわいい娘がいるのなら、どうして娘のところに帰って、いいお父さんになってやらないのかしら。どうして自分の国に帰らないのかしら？」

お母さんはキアステンのほおをなでながら、つぶやきました。

「お母さん、何かおやつある？」

アネマリーが聞きました。ドイツ兵から、お母さんの気をそらせたかったのです。

「パンをおあがりなさい。キアステンにもひと切れあげてね」

「バターをつけて？」

キアステンは期待しているようでした。

「バターはなしよ。わかっているでしょ」

アネマリーが台所にパンを取りに行ったあとで、キアステンがため息をついて言いました。

「カップケーキが食べたいな。黄色くて、大きくて、ピンクのお砂糖をとかしたのが上にかけてあるの」

お母さんが笑って、キアステンに言いました。

「キアステンったら、まだ小さいのに、よく覚えているのね。バターも、カップケーキを作るお砂糖も、ずいぶん長いこと、お目にかかっていないのに。一年は経つわ」

「カップケーキがまた食べられるの、いつ?」

「戦争が終わったらよ」

お母さんはキアステンに答えたあとで、通りの角《かど》に立っている兵隊たちを、窓から見おろしました。鉄かぶとの下に隠《かく》れて、兵隊たちは無表情でした。

「兵隊たちがいなくなったらよ」

2　馬で通る男は誰だ？

「お話して、アネマリー。おとぎばなしがいい」

キアステンが大きなベッドのなかで、アネマリーにくっついてきました。大きなベッドに、ふたりいっしょに寝ているのです。

アネマリーはにっこりして、暗いなかで、小さな妹を抱き寄せました。デンマークの子どもたちはみんな、おとぎばなしを聞いて大きくなります。おとぎばなしを書いた人のなかでも、ハンス＝クリスチャン＝アンデルセンは世界一有名ですが、そのアンデルセンは、デンマーク人なのです。

「人魚姫《にんぎょひめ》のお話？」

それがアネマリーのいちばん好きな話でした。

けれど、キアステンはうんと言いませんでした。

「王様とお妃様《きさきさま》がおりましたっていうのがいい。美しいお姫様もでてくるお話」

「いいわ。昔々、あるところに、王様がおりました」

アネマリーは話しはじめました。

「お妃様《きさきさま》もだよ。お妃様《きさきさま》を忘れちゃだめじゃないか」

キアステンがささやきました。

「……王様とお妃様《きさきさま》がおりました。ふたりは、それはすばらしいお城で暮らしていました」

「そのお城って、アマリエンボー宮殿《きゅうでん》のこと?」

キアステンが眠そうな声で聞きました。

「しーっ。いちいち聞かないで。いつまで経っても、お話が進まないでしょ。ううん、アマリエンボー宮殿《きゅうでん》じゃないの。お話のなかだけにでてくるお城よ」

アネマリーはお話を続けました。王様とお妃様《きさきさま》がいて、ふたりにはキアステン姫《ひめ》という、美しいお姫様がいるというお話でした。お話のなかに、すばらしいものをいっぱいちりばめました。はなやかな舞踏会《ぶとうかい》、金色のふちどりのしてある豪華《ごうか》なドレス、ピンクのお砂糖をかけたカップケーキが並んでいる大パーティー……。そのうち、キアステンがすやすや深い寝息をたてはじめたので、眠ってしまったのがわかりました。

アネマリーは話すのをやめて、ちょっとようすをうかがいました。キアステンが眠そうに、「それから？」と言うかもしれないと思ったからです。けれど、キアステンは何も言いませんでした。それでアネマリーは、デンマークの本物の王様、クリスチャン十世《せい》と、コペンハーゲンの中心にある、クリスチャン十世《せい》が住んでいる本物のお城、アマリエンボー宮殿《きゅうでん》のことを考えはじめました。

デンマークの国民はクリスチャン王を、心から慕《した》っています。おとぎばなしにでてくる王様ときたら、バルコニーに立って、家来《けらい》たちに命令をくだしたり、黄金《おうごん》の玉座《ぎょくざ》に座って、家来《けらい》たちから、ちやほやされたり、お姫様たちにりっぱなおむこさんを選んだりするだけです。でも、クリスチャン王は違います。アネマリーたちと同じ血のかよった人間で、考え深い、やさしい顔をしています。アネマリーは小さいころよく王様を見かけたものです。王様は毎朝、愛馬《あいば》ジュビリーにまたがって宮殿《きゅうでん》をでて、ひとりでコペンハーゲンの町をまわり、自分が治《おさ》めている国の人たちにあいさつをしました。まだ小さかったアネマリーを、お姉さんのリーセが通りに連

れていってくれて、歩道で王様に手を振ったのです。王様がふたりに手を振って、にっこり応えてくれることもありました。

「さあ、これで、あんたはほかの子とは違うのよ。王様があいさつしてくださったんですもの」

いつだったか、リーセがそう言ったことがありました。

アネマリーは枕《まくら》にのせた頭の向きを変えて、窓のカーテンのすきまから、かすかに明るい九月の夜空を見つめました。いつもきまじめで、美しかったリーセ姉さんのことを考えると、きまって悲しくなってしまいます。

それで、アネマリーは、また王様のことを考えることにしました。リーセはもうこの世にいませんが、王様は今もまだお元気です。アネマリーはお父さんからまえに聞いた話を、今もまだ覚えています。戦争が始まったすぐあと、デンマークが降伏《こうふく》して、一夜《いちや》明けたら、ドイツ兵たちが通りの角《かど》に立つようになったすぐあとのことでした。

ある晩、お父さんが、こんな話をしてくれました。お父さんは朝のうちに用事があったので、会社をでて通りを渡ろうと角《かど》で待っていたら、クリスチャン王がいつものように馬で通りかかりました。すると、突然、ドイツ兵のひとりがふり向いて、そばにいた十代の男の子にたずねました。

「毎朝、馬でここを通るあの男は、誰だ？」

お父さんはドイツ兵がそんなことも知らないのがおかしくて、思わずにやりとしました。そして、男の子がなんと答えるか、聞いていました。

「あれはぼくたちの王様です。デンマークの王様です」

「王様を守る護衛《ごえい》はどこにいる？」ドイツ兵がまた、聞きました。

「そこで、その子がどう答えたと思うかい？」

お父さんがアネマリーに聞きました。アネマリーはお父さんの膝《ひざ》に座っていました。アネマリーはまだ小さくて、七才くらいでした。アネマリーは首を振って、お父さんが答えを教えてくれるのを待ちました。

「男の子はドイツ兵の目をまっすぐ見て、こう言ったんだ。『デンマークの国民みんなで、王様を守っているんです』」

アネマリーは思わず身震《みぶる》いしました。そんな答えをするなんて、ずいぶん勇気があると思ったのです。

「それ、本当、お父さん？　その男の子が言ったこと、本当？」

アネマリーは聞きました。

お父さんはちょっと考えていました。お父さんは何か聞かれると、いつもじっくり考えてから答えるのです。

「そう、本当だ。デンマーク人はクリスチャン王を守るためなら、誰でも命を投げだすだろう」

「お父さんも？」

「そうだよ」

「お母さんも？」

「お母さんもだ」

アネマリーはまた身震《みぶる》いしました。

「じゃあ、わたしもよ、お父さん。どうしてもそうしなくちゃならなくなったら」

お父さんとアネマリーは、しばらく黙《だま》ったまま座っていました。部屋の向こうから、アネマリーとお父さんを見つめていたお母さんも、にっこり笑いました。三年まえのその夜、お母さんはレースを編《あ》んでいました。枕《まくら》カバーのふちに、レースを編《あ》みつけていたのです。リーセのお嫁入《よめい》り道具《どうぐ》の枕《まくら》カバーのふちに。お母さんの指がすばやく動いて、白い糸を手のこんだ細いレースのふち飾《かざ》りに変えていきました。そのとき、リーセはもう一人前《いちにんまえ》の十八才で、もうじき、ピーター＝ニールセンと結婚することになっていました。リーセとピーターが結婚したら、アネマリーとキアステンには、やっとお兄さんができるんだと、お母さんは言っていました。

「お父さん」しばらく黙《だま》っていたあとで、アネマリーが口を開きました。

「ときどき思うんだけど、王様はどうして、わたしたちを守ってくれなかったの？　ナチスが銃《じゅう》を持ってデンマークに攻《せ》めこんでこないように、どうして戦わなかったの？」

お父さんはため息をつきました。

「デンマークはこんな小さな国だからね。それに、相手はとてつもなく手強《てごわ》い敵だ。王様は賢《かしこ》い方だ。デンマークには、ほんのわずかしか兵隊がいないことがわかっていた。戦えば、数えきれないほどの国民が命を失うということもな」

「ノルウェーは戦ったわ」

アネマリーが隣《となり》の国のことを言いました。

お父さんはうなずきました。

「ノルウェー人たちは、激しく戦った。あそこには深くて高い山脈があるから、兵士たちは身を隠《かく》すことができた。それでも、ノルウェーはたたきつぶされてしまった」

学校に貼《は》ってある地図が、アネマリーの頭に浮かびました。ノルウェーはデンマークの上にあって、学校の地図では、ピンクに塗《ぬ》ってあります。そのピンク色の細長いノルウェーが、げんこつでたたきつぶされる場面が、目に見えるようでした。

「それじゃ、ノルウェーにも、わたしたちの国と同じように、ドイツ兵がいるの？」

「ああ、いる」お父さんが言いました。

「オランダにもよ。それに、ベルギーにも、フランスにも」

お父さんのあとをうけて、部屋の奥から、お母さんが言いました。

「でも、スウェーデンにはいないわ！」

アネマリーは大声で叫《さけ》びました。世界の動きをそんなによく知っているのが、得意だったのです。スウェーデンは地図の上ではブルーです。それに、スウェーデンなら、行ったことはありませんが、見たことがあります。コペンハーゲンの北のほうにある、ヘンリックおじさんの家の裏に立って、海――北海《ほっかい》という海の一部で、カテガト海峡《かいきょう》といいます――の向こうを見たら、陸地が見えました。

「あそこに見えているのは、スウェーデンだ。今、おまえは、ほかの国を見ているんだよ」

ヘンリックおじさんが教えてくれました。

「確かにそうだ。スウェーデンは今もまだ、自由の国だ」

お父さんが言いました。


そして三年経った今も、スウェーデンはまだ自由の国のままでいます。けれど、そのほかのことは、ずいぶん変わってしまいました。クリスチャン王は年をとってきました。長年に渡って、年老いた忠実な愛馬《あいば》ジュビリーに、コペンハーゲンの町の朝の散歩に連れていってもらっていたのですが、去年、そのジュビリーから落ちて、ひどいけがをしました。何日ものあいだ、デンマークじゅうの人が王様の命をあやぶんで、深い悲しみに包《つつ》まれました。

けれど、王様は命をとりとめました。クリスチャン十世《せい》は今も生きています。

命を失ったのは、リーセでした。背が高くて、とてもきれいだったお姉さんのリーセは、結婚式の二週間まえに、事故で死んでしまったのです。今、アネマリーが寝ている部屋のすみに、型おしのしてあるブルーのトランクが置いてあります——部屋のなかは暗いのに、トランクの形はちゃんと見えました。そのなかに、リーセのものがたたんでしまってあります。レースのふち飾《かざ》りをつけた枕《まくら》カバーも、そでを通すことのなかった、襟《えり》ぐりに手ざしの刺繍《ししゅう》がしてあるウエディングドレスも、ピーターとの婚約《こんやく》を祝うパーティーでリーセが着て、スカートをひるがえして踊《おど》った、黄色いドレスも。

お父さんもお母さんも、リーセのことをけっして口にしません。トランクもけっして開けようとしません。でも、アネマリーは家にたったひとりでいるとき、ときどき開けてみます。たったひとりで、リーセのものにそっとさわって、物静かでやさしかったお姉さん、結婚して、子どもを持つのを楽しみにしていたお姉さんのことを思いだすのです。

リーセと結婚するはずだった赤毛のピーターは、リーセが死んだあとも、誰とも結婚していません。ピーターはとても変わってしまいました。以前のピーターは、アネマリーとキアステンにとっては、陽気なお兄さんのようで、ふたりをからかったり、くすぐったりして、ばかなことや、いたずらばかりしていました。ピーターは今でもよくアネマリーの家にやってきますし、アネマリーとキアステンに笑顔でやさしく声をかけてくれますが、いつもあわただしくやってきて、アネマリーにはなんだかわからないことを、お父さんやお母さんにそそくさと話していきます。まえは、おかしな歌をうたって、アネマリーとキアステンをお腹《なか》が痛くなるほど笑わせてくれたのに、もう、そんな歌もうたってくれません。それに、ゆっくりしていくこともなくなりました。

お父さんも変わりました。まえよりずっと年をとって、とても疲れて、がっくりしているように見えます。

世の中全部が変わってしまいました。変わっていないのはただひとつ、おとぎばなしだけです。

「そして、王様とお妃様《きさきさま》は、いつまでもいつまでも、幸せに暮らしましたとさ」

アネマリーはお話のしめくくりを、暗闇《くらやみ》に向かってささやきました。キアステンのためにお話をしてあげたのに、当《とう》のキアステンはアネマリーの隣《となり》で、親指をくわえて眠っていました。

3　ヒアシュさんはどこへ行った？

九月の一日一日が、特別、何もおこらずに過ぎていきました。アネマリーとエレンは、学校に行くときも、学校から帰ってくるときもいっしょでしたが、今ではあの背の高い兵隊ともうひとりの兵隊に会わないように、必ず遠まわりしていました。キアステンは、ふたりのすぐうしろからぶらぶらぶらついてくるか、一歩先をぴょんぴょんとびはねながら歩いていくかで、ふたりの目の届かないところに行ってしまうことは、けっしてありませんでした。

お母さんたちふたりは、今でも午後になると、「コーヒーにして」いました。それに、日がだんだん短くなってきて、木の葉《こ　は》が落ちはじめたので、手袋を編《あ》みはじめました。また冬がやってくるからです。去年の冬のことを忘れる人は、この町にはひとりもいませんでした。コペンハーゲンでは、どこの家にも石炭《せきたん》も薪《まき》もぜんぜんないのに、冬の夜はそれは寒いのです。

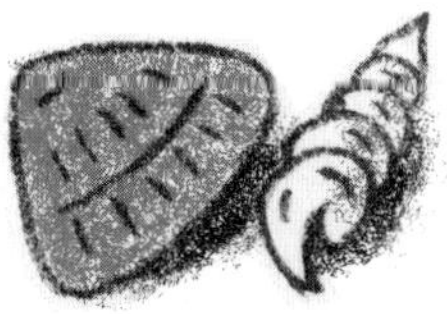

アネマリーの家でも、アパートのほかの家と同じように、古い煙突《えんとつ》の口を開けて、石炭《せきたん》が手にはいったとき、小さなストーブを使えるようにしました。暖房用《だんぼうよう》のそのストーブを、お母さんは料理に使うこともありました。電気の使用が制限されていたからです。夜は電気の代わりに、ろうそくを灯《とも》しました。エレンのお父さんは学校の先生をしているので、ろうそくの光では暗くて、生徒の答案がよく見えないと言って、よく腹をたてました。

「そろそろあなたたちのベッドに、もう一枚、毛布をかけないとね」

ある朝、お母さんはアネマリーに手を貸して、アネマリーたちの部屋を片づけながら言いました。

「わたしにはキアステンがいるし、キアステンにはわたしがいてよかった。冬がきても、いっしょに寝ればあったかいもの。エレンはお姉さんも妹もいなくて、かわいそう」

アネマリーが言いました。

「寒くてしかたがないときは、お父さんとお母さんのベッドにもぐりこまなくちゃならないわね」お母さんが笑いました。

「キアステンが、お父さんとお母さんのあいだで眠っていたころのこと、覚えている。本当は自分のベッドで寝ていなくちゃいけないのに、夜中にはいだして、お母さんたちのベッドにもぐりこんじゃうのよね」

アネマリーはそう言ったあとで、枕《まくら》をふくらませていた手を止めて、こわごわお母さんの顔色をうかがいました。言ってはいけないこと、お母さんの顔が苦しみで引きつることを言ってしまったのではないかと思ったからです。キアステンがお父さんとお母さんの部屋で寝ていたころというのは、この部屋のベッドで、リーセがアネマリーといっしょに寝ていたのです。

けれど、お母さんは静かに笑いながら言いました。

「そう、覚えているわ。キアステンときたら、夜中にときどき、おねしょをしてしまって！」

「しないよ！　そんなこと、ぜったいに、一度もしたことないったら！」

キアステンが部屋の入り口に立って、いばりくさって言いました。

お母さんは笑いながらかがみこんで、キアステンのほおにキスしました。

「さあ、ふたりとも、学校に行く時間よ」

お母さんはキアステンの上着のボタンをかけてやっていましたが、突然、声をあげました。

「あら、困った。ほら、このボタン、ふたつに割れているわ。アネマリー、学校が終わったらキアステンを連れて、糸やボタンを売っている、ヒアシュのおばさんの店に行ってきてくれないかしら。この上着のほかのボタンと同じようなのを、ひとつだけ売ってもらえないか、聞いてみてもらいたいの。お金を渡しておくわね——そんなに高くないはずよ」

ところが、学校から帰る途中で、アネマリーたちが寄ってみると、アネマリーが子どものころからずっと同じ場所でやっているお店が閉まっていました。ドアに新しい錠《じょう》がかかっていて、何か書いたものがぶらさがっていました。でも、書いてあるのがドイツ語だったので、アネマリーにもエレンにも読めませんでした。

「ヒアシュのおばさん、病気なのかな」

アネマリーはぶつぶつ言いながら、店を離《はな》れました。

「おばさんには、安息日《あんそくび》(注)の土曜日に会ったわ。おじさんとサムエルもいっしょに。みんな、ふつうだったけどな。みんなっていうより、おばさんとおじさんは、だけど——サムエルはまえから、ぜんぜんふつうじゃないもの」

エレンはクスクス笑いました。

アネマリーも表情をくずしました。ヒアシュ一家はアネマリーたちの家の近所に住んでいる

(注) 安息日…ユダヤ教の休日。毎週金曜日の日没から土曜日の日没まで。

ので、息子のサムエルのことはよく見かけます。背の高い、十四、五才の男の子で、度の強い眼鏡《めがね》をかけて、猫背《ねこぜ》で、髪はいつもくしゃくしゃです。自転車で学校に通っていますが、前かがみになって、目を細めて、鼻にしわを寄せて、ときどき、ずり落ちてくる眼鏡《めがね》をなおしては、自転車にしがみついています。サムエルの乗っている自転車の車輪は、木でできています。今ではもう、ゴムのタイヤが手にはいらないからです。それで道を走るとき、ギーギー、ガタガタ、すごい音をたてます。

「ヒアシュさんたちはみんなで、海に遊びに行ったんだ」キアステンが言いました。

「大きなバスケットに、ピンクのお砂糖をかけたカップケーキをいっぱいつめてね」

アネマリーが妹をからかいました。

「そうそう、きっとそうだよ」キアステンは答えました。

アネマリーとエレンは目配せしました。キアステンったら、ばっかみたい、と言ったのです。戦争が始まってから、コペンハーゲンには、海に遊びに行く人なんかひとりもいません。ピンクのお砂糖のかかったカップケーキだってありません。もう、何か月もまえから、ずっとです。

それでも、アネマリーは道の角《かど》を曲がるとき、お店をふり返って考えました。ヒアシュさん一家は、どこにいるのでしょう？　どこかへ行ったのです。そうでなければ、お店が閉まっているはずがありません。

お母さんはアネマリーたちの話を聞いて、心配そうな顔をしました。

「本当なの？」お母さんは何度も聞きました。

「ボタンなら、ほかのお店で買えるわよ。いちばん下のボタンをとって、上につけかえてもいいし。そんなに目立たないんじゃないかな」アネマリーがうけあいました。

けれど、お母さんが心配しているのは、上着のことではないようでした。

「確かにドイツ語で書いてあった？　よく注意して見なかったんじゃないの？」

お母さんが念《ねん》を押しました。

「お母さんたら、ちゃんと鉤十字《かぎじゅうじ》（注）がついてたのよ」

お母さんは何かに気をとられているようでした。

「アネマリー、ちょっとキアステンをみていてね。それに、夕飯のじゃがいもをむいてちょうだい。すぐ帰ってくるから」

「どこへ行くの？」

（注）鉤十字…卍・ナチスのマーク。

ドアに向かって歩いていくお母さんに、アネマリーが聞きました。

「ローセンのおばさんと話したいことがあるのよ」

アネマリーは家をでていくお母さんを見ていましたが、わけがわかりませんでした。それでも台所に行って、じゃがいもをしまってある戸棚《とだな》を開けました。このごろでは、夕飯といえば、じゃがいもしか食べていないような気がします。ほかのものは、ほとんどなんにもなしで。

アネマリーがうとうとしはじめたとき、部屋のドアをそっとたたく音がしました。ドアが開いて、ろうそくの光といっしょに、お母さんがはいってきました。

「もう寝てしまった、アネマリー?」

「ううん。でも、どうして? どうかしたの?」

「別になんでもないのよ。でも、ちょっと起きて、居間《いま》にきてくれないかしら。ピーターもきているし。お父さんとお母さんから、あなたに話したいことがあるの」

アネマリーはベッドからとびだしました。キアステンが夢のなかで、むにゃむにゃ言いました。

ピーターがきている! ピーターにはずいぶん長いこと会っていません。でも、夜のこんな遅《おそ》い時間に、ピーターがきているなんて、なんだかおそろしい気がしました。コペンハーゲンでは、夜間外出禁止令《やかんがいしゅつきんしれい》がでていて、夜の八時を過ぎたら、誰も外にでてはいけないことになっているのです。こんな時間にピーターがやってくるのがどんなに危険か、アネマリーにもわかっていました。それでもピーターがきてくれて、アネマリーは大喜びでした。ピーターはいつきても、あっというまに帰ってしまいますし、どうしてそう感じるのかはっきりとは言えないのですが、なんだかこっそりやってくるような気さえします。それでもピーターに会えるとなるといつだって、うれしくてたまりません。ピーターの顔を見ると、楽しかったころを思いだします。それに、お父さんとお母さんも、ピーターが大好きです。まるで息子のようだと言っています。

アネマリーは、はだしのまま、居間《いま》に駆けこんで、ピーターの腕《うで》のなかにとびこみました。ピーターはにこっと笑って、アネマリーのほおにキスし、アネマリーの長い髪をもしゃもしゃにしました。

「このまえ会ったときから、またのびたね。足ばっかりみたいじゃないか」

ピーターが言いました。

アネマリーも笑いました。

「先週の金曜日、学校の競技会《きょうぎかい》の女子の徒競走《ときょうそう》で、優勝したのよ」

アネマリーは得意になって報告《ほうこく》しました。

「どこへ行ってたの？　会いたかった！」

「仕事が忙しくてね。ほら、おみやげを持ってきたよ。ひとつは、キアステンにだよ」

ピーターはポケットに手をつっこんで、貝がらをふたつ、アネマリーに渡しました。

アネマリーは小さいほうをキアステンにあげることにして、テーブルの上に置きました。そして、もうひとつのほうをろうそくの光のなかでくるくるまわして、表面が波がたっているようにでこぼこしている、真珠《しんじゅ》のような貝がらを眺めました。こんなすてきな贈り物を持ってきてくれるなんて、さすがピーターです。

「お父さんとお母さんには、もっと実際に役にたつものを持ってきたんだよ。ビールが二本だ！」

お父さんとお母さんがにっこりして、手に持ったグラスをあげました。お父さんはひと口なめてみてから、上唇《うわくちびる》についたあわを手の甲《こう》でぬぐいました。そのあとで、ずっとまじめな顔

になって言いました。

「アネマリー、ピーターの話では、ドイツ軍が、ユダヤ人たちに店を閉めろという命令をだしたんだそうだ」

「ユダヤ人に？」アネマリーは思わず同じ言葉をくり返しました。

「ヒアシュのおばさんは、ユダヤ人なの？ それでボタン屋のお店が閉まっていたの？ どうしてそんな命令をだしたの？」

ピーターが身をのりだしました。

「ドイツ軍はそういうやり方で、まわりの人を苦しめるんだ。どういうわけか、ドイツ軍はユダヤ人たちを苦しめてやろうと思っている。ほかの国でも、同じようなことがおこっている。デンマークでは、すぐにはとりかからなかった——ちょっと手綱《たづな》をゆるめておいたんだ。だけど、いよいよ始まるらしい」

「でも、ボタン屋さんよ、どうして？ ボタン屋さんが店をやってると、どうして困るの？ ヒアシュのおばさんはとってもいい人だわ。サムエルだって——そりゃ、ちょっとまがぬけているけど。でも、人の迷惑になるようなことは、ぜったいにしない。できないわよ——よく見えないんだもの、あんな度の強い眼鏡《めがね》をしているじゃない！」

そこで、アネマリーは、ほかのことに気がつきました。

「ヒアシュさんたち、ボタンを売れなくなったら、どうやって暮らしていくの？」

「友だちがみんなで助けるのよ。そうするのが友だちでしょ」

アネマリーはうなずきました。お母さんの言うとおりです。友だちや近所の人たちがヒアシュさん一家に、魚や、じゃがいもや、パンや、お茶にするハーブを届けるでしょう。ピーターはヒアシュさんのところにも、ビールを持っていくかもしれません。そうすればヒアシュさん一家も、またお店を開けられるときがくるまで、なんとかやっていけるでしょう。

突然、アネマリーは目を大きく開けて、椅子《いす》に座りなおしました。

「お母さん！ お父さん！ エレンのとこもユダヤ人よ！」

お父さんとお母さんがうなずきました。深刻《しんこく》で、緊張《きんちょう》した顔をしていました。

「今日の午後、アネマリーからボタン屋さんの話を聞いたあとで、ローセンのおばさんと話したのよ」お母さんが言いました。

「どんなことがおこっているか、ローセンのおばさんもご存知なの。でも、ローセンさんのところには、影響ないだろうって」

アネマリーはちょっと考えて、そうだと思いました。やっとほっとしました。

「エレンのお父さんは、お店をやっているわけじゃないもの。先生よ。ドイツ軍だって、学校全体を閉めちゃうわけにはいかないわ！」アネマリーは念《ねん》を押すように、ピーターを見ました。

「そうでしょ？」

「ローセンさんのところは、今のところはだいじょうぶだと思う」

ピーターが言いました。

「だけど、エレンに気をつけていてあげたほうがいいよ。それに、兵隊たちに近よるんじゃない。オスタブロ通りであったことは、お母さんから聞いた」

アネマリーは肩をすくめました。あんなこと、もう忘れかけていました。

「たいしたことじゃなかったのよ。兵隊たちはたいくつだったものだから、誰かと話したかっただけだと思う」

アネマリーはお父さんのほうを向きました。

「お父さん、どこかの男の子が兵隊に言ったこと、覚えているでしょ？デンマークの国民はみんなで、王様を守っているんだって言ったこと?」

お父さんがにっこりしました。

「忘れるはずがないよ」

「それじゃ、今度は、デンマークじゅうの人がみんなして、ユダヤ人のことも守ってあげなくちゃね」アネマリーは、ひと言《こと》ひと言《こと》かみしめながら言いました。

「ああ、そうするさ」お父さんも言いました。

ピーターが立ちあがりました。

「そろそろ帰らなくちゃならない。それに、足長おじょうさん、きみが寝る時間は、とっくに過ぎているよ」

ピーターがもう一度、アネマリーを抱きしめてくれました。

そのあとしばらく経って、アネマリーは、丸くなって眠っている、ほかほか温かいキアステンにまた寄りそって横になり、三年まえに、お父さんが言ったことを思いだしていました。お父さんは、王様のためなら命を投げだすと言いました。お母さんもそうすると言いました。まだ七つだったアネマリーも胸をはって、わたしも、と言いました。

今、アネマリーは十才になっています。足が長くなりましたし、ピンクのお砂糖をかけたカップケーキを食べたいというようなつまらないことは、もう考えていません。アネマリーは――デンマークじゅうの人たちとみんな力を合わせて――エレンを守ってあげなくてはならないのです。エレンだけでなく、エレンのお父さんとお母さんも、デンマークじゅうのユダヤ人も。アネマリーはユダヤ人たちを守るために、命を投げだせるでしょうか？　本当にできるでしょうか？　アネマリーは暗いなかで、正直に認めました。できるかどうか、とてもわかりませんでした。

一瞬、アネマリーはこわくなりました。でも、毛布を首まで引っぱりあげて、気をらくにしました。どっちみちそんなことはみんな、頭のなかで考えているだけのことです――本当におこることではありません。勇気をためされるのは、ほかの人のために死ねと言われるのは、おとぎばなしのなかでだけおこることです。今のデンマークの暮らしのなかでは、そんなことがおこるわけがありません。いいえ、でも、そうでした。デンマークには兵隊さんがいました。兵隊さんが死ぬことがあるのは本当のことです。それに、勇敢《ゆうかん》なレジスタンスの指導者たちもいます。あの人たちも、命を失うことがあります。それも本当のことです。

でも、ローセン一家やヨハンセン一家のような、ふつうの人は？

アネマリーは物音ひとつしない暗いなかで、ぬくぬく毛布にくるまれて、勇気をためされることのないふつうの人でよかったと思いました。

4　長い夜になるだろう

お母さんがキアステンを連れて買い物にでかけてしまったあと、アネマリーはエレンとふたりだけで、居間《いま》の床《ゆか》に紙人形をひろげて遊んでいました。人形は、お母さんがとっておいた、古い雑誌から切りぬいたものです。紙人形たちは、ヘアスタイルも着ているものも古くさいのですが、お母さんが大好きな本からとった名前がついています。本というのは、『風とともに去《さ》りぬ』です。どんな物語か、お母さんがアネマリーとエレンにすっかり話してくれました。

アネマリーもエレンも、その物語のほうが、キアステンが大好きな王様とお妃様《きさきさま》の話より、ずっとおもしろくて、ロマンチックだと思っていました。

「いらっしゃい、メラニー。舞踏会《ぶとうかい》のドレスに着がえましょう」

アネマリーはそう言いながら、人形にじゅうたんのへりをまたがせました。

「ええ、スカーレット。すぐまいりますわ」

エレンがきどった声で答えました。エレンはお芝居《しばい》がとてもじょうずです。学校の劇でも、よく主役をやります。エレンといっしょだと、ままごと遊びも人形ごっこも、とてもおもしろくなります。

ドアが開いて、足音もあらくキアステンがはいってきました。キアステンは顔じゅう涙のあとだらけで、ふくれっ面《つら》をしていました。お母さんが、やれやれという顔であとからはいってきて、テーブルの上に包《つつ》みを置きました。

「はかない！　ぜったい、ぜったいはかない！　ろうやにくさりでつながれて、むちでぶたれたって、ぜったいはかないからね！」

キアステンがつばをとばして怒鳴《どな》りました。

アネマリーはクスクス笑って、目でお母さんに、「どうしたの？」と聞きました。お母さんはため息をつきました。

「キアステンに、新しい靴《くつ》を買ってあげたのよ。今までのが小さくなって、はけなくなったから」お母さんは説明しました。

「すごいじゃない、キアステン。わたしにもお母さんが、新しい靴《くつ》を買ってくれるといいんだけどな。新しいものって、大好きだから。でもお店に行っても、なんにも売ってないのよね」

エレンが言いました。

「魚屋に行けば売ってるもん！　だけど、よそのお母さんは自分の子に、かっこ悪い魚の靴《くつ》なんかはかせないよ！」キアステンがわめきました。

「キアステン、あのお店は、魚屋さんじゃなかったでしょ。それに、靴《くつ》が手にはいっただけでも、運がよかったのよ」お母さんがなだめました。

キアステンは鼻を鳴らしました。

「見せてあげて。どんなにかっこ悪い靴《くつ》だか、アネマリーとエレンに見せてあげてよ」

お母さんは包《つつ》みを開けて、小さな女の子用の靴《くつ》を取りだしました。お母さんが持ちあげてみせると、キアステンはうんざりした顔で、そっぽを向きました。

「革《かわ》はもう手にはいらないでしょ。それで、魚の皮から靴《くつ》を作る方法を考えだしたの。そんなにみっともないと思わないけど」お母さんが言いました。

アネマリーとエレンは、魚の皮でできた靴《くつ》を見ました。アネマリーは片方を手に取って、じっくり眺めてみました。確かにおかしな靴《くつ》です。魚のうろこが見えています。でも、靴《くつ》は靴《くつ》ですし、キアステンには靴《くつ》が必要なのです。

「そんなにおかしくないわよ、キアステン」

アネマリーは、ちょっと心にもないことを言いました。

エレンも、もう片方の靴《くつ》をいじっていました。

「かっこうが悪いと思うのは、色のせいよ」

「みどり色！　みどり色の靴《くつ》なんて、ぜったい、ぜったい、はかないからね！」キアステンが泣き声をあげました。

「うちのお父さんが、真っ黒いインクを持ってるわ。これが黒くなったら、ちょっとはましだと思う？」

キアステンは眉《まゆ》を寄せて考えていましたが、やっと答えました。

「もしかしたらね」

「それじゃ、キアステンのお母さんがいいって言ったら、今夜この靴《くつ》を持って帰って、うちのお父さんにインクで黒くそめてくれるか、頼《たの》んでみるわ」

お母さんが笑いました。

「見違えるようになるんじゃないかしら。どう思う、キアステン？」

キアステンはまだ考えていました。

「おじちゃん、ぴかぴかにしてくれる？ぴかぴかなのがいい」

エレンがうなずきました。

「してくれると思うわ。きっと真っ黒で、ぴかぴかで、とってもきれいな靴《くつ》になるわよ」

エレンもこっくりしました。

「じゃあ、いいや。でも、お魚でできてるって、誰にも言っちゃだめだからね。知られるの、いやだ」

キアステンは新しい靴《くつ》をいやいや手に取って、椅子《いす》の上に置きました。でも紙人形を見たとたんに、ぱっと顔を輝かせました。

「あたしも遊んでいい？お人形、貸して」

キアステンは、アネマリーとエレンのそばにしゃがみこみました。

キアステンなんて、いつもいつもじゃまばかりして、いやになっちゃう。アネマリーはそう思うことがよくあります。でも、アパートは小さいので、ほかにはキアステンが遊ぶ場所がありません。それに、あっちに行っててと言ったら、お母さんに叱《しか》られます。

「はい、これ」アネマリーは雑誌から切りぬいた小さな女の子の人形を、キアステンに渡しました。

「今、『風とともに去《さ》りぬ』ごっこをしていたところなの。メラニーとスカーレットは、舞踏《ぶとう》会《かい》に行くの。キアステンはボニーになれば。スカーレットの娘よ」

キアステンはうれしそうに、人形をぴょんぴょん踊《おど》りまわらせました。

「舞踏会《ぶとうかい》に行くんだ！」

キアステンはわざとかん高い声で言いました。

エレンがクスクス笑いました。

「小さい子は、舞踏会《ぶとうかい》へなんか行かないわ。みんなそろって、どこかほかのところへ行くことにしましょうよ。チボリがいいわ！」

「チボリだなんて！」アネマリーが笑いだしました。

「チボリがあるのはコペンハーゲンじゃない！『風とともに去《さ》りぬ』の舞台は、アメリカよ！」

「チボリだ、チボリだ、チボリだ！」

キアステンはうたいながら、お人形をぐるぐる踊《おど》りまわらせました。

「かまわないわよ。どっちみちお遊びなんだもの。チボリはあそこ、あの椅子《いす》のそばよ。さあ、スカーレット」エレンが人形の声で言いました。

「チボリに行って、踊《おど》ったり、花火を見たりしましょう。もしかすると、すてきな男の方に巡り合えるかもしれないわ！　おばかさんの娘のボニーも連れていらっしゃい。回転木馬《かいてんもくば》に乗せてやりましょう」

アネマリーはにっこりして、エレンがチボリだということにした椅子《いす》のほうに、スカーレットの人形を歩かせていきました。アネマリーは、コペンハーゲンの真ん中にあるチボリ公園が、大好きです。小さかったころ、お父さんとお母さんがよく連れていってくれました。楽しい音楽も、色とりどりのまばゆいイルミネーションも、回転木馬《かいてんもくば》も、アイスクリームも、よく覚えています。夜の豪華《ごうか》な花火は、とくによく覚えています。夜空に、巨大《きょだい》な色つきの火花がとびちって、光が破裂《はれつ》するのです。

「いちばんよく覚えているのは、花火よ」アネマリーがエレンに言いました。

「あたしも。あたしも花火を覚えてる」キアステンも言いました。

「うそばっかり。花火を見たことなんかあるもんですか」

アネマリーがばかにしたように言いました。

チボリ公園は、今では閉鎖《へいさ》されています。ドイツ軍が、公園の一部を燃やしてしまったのです。ドイツ軍は遊び好きのデンマーク人が楽しむのを、そうやって懲《こ》らしめたかったのかもしれません。

キアステンは床《ゆか》の上で座りなおし、小さな肩をいからせて、食ってかかりました。

「覚えてるよ。あたしのお誕生日の日だったんだもん。夜中に目が覚めたら、ドーン、ドーンって音がして、夜なのに、空が明るかったんだよ。あたしのお誕生日だから、花火をあげてくれてるんだって、お母さんが言ったじゃない」

そう言われて、アネマリーも思いだしました。キアステンのお誕生日は、八月の末です。たった一か月まえのあの夜、アネマリーも大きな爆発《ばくはつ》の音で目が覚めて、震《ふる》えあがったのでした。キアステンの言ったとおりです――南西の空が、燃えあがっているように真っ赤だったので、お母さんが、あれはお誕生日を祝ってくれているのだと言って、キアステンを安心させたのでした。

「五つになった女の子のために、あんな花火をあげてくれるなんて、すごいわ！」

お母さんはアネマリーたちのベッドに腰をおろし、光がもれないようにかけてある黒いカーテンを少しだけ開けて、窓の外の明るい空を見ながら言いました。

次の日の夕刊《ゆうかん》が、本当は何があったのか、悲しいニュースを伝えました。デンマーク海軍が、自分たちの国の軍艦を次々に爆発《ばくはつ》させて、沈めてしまったのです。ドイツ軍が近づいてきて、デンマークの軍艦を自分たちのものにしようとしたからです。

「王様は悲しんでおいででしょうね」

ニュースを読んだお母さんが、お父さんにそう言っているのが、アネマリーに聞こえました。

「よくぞやってくれたと、胸をはっておいでさ」お父さんが答えました。

王様のことを考えると、アネマリーも悲しいと同時に、得意な気持ちになりました。背の高い、年をとられた王様は、きっと青い目に涙をいっぱいためて、今では見るかげもない姿になって港に沈んでいる、自分の国の小さな艦隊《かんたい》の残骸《ざんがい》をごらんになったことでしょう。

「遊ぶの、もうやめるわ、エレン」

アネマリーは、だしぬけに言って、紙人形をテーブルの上に置きました。

「わたしも、もう帰る」エレンが言いました。

「お母さんが掃除をするのを、手伝わなくちゃならないから。今度の木曜日は、わたしたちの新年（注）なのよ。知っていた？」

「どうしてエレンのおうちの新年なの？ うちは違うの？」キアステンが聞きました。

「そう、違うの。ユダヤ人の新年だから。わたしたちユダヤ人だけの新年なの。でも、キアステン、よかったら今度の木曜日の新年の夜、お母さんがろうそくに火を灯《とも》すのを、見にいらっしゃいよ」

アネマリーとキアステンは、毎週金曜日の夜になるとよく、エレンのお母さんが土曜日の安《あん》息日《そくび》のためにろうそくに火を灯《とも》すのを見に行きます。エレンのお母さんはろうそくに火を灯《とも》すとき、頭に布をかぶって、ヘブライ語で特別のお祈りをあげます。アネマリーはいつもじっと黙《だま》って、おそれおおいような気持ちに包《つつ》まれて見つめています。ふだんはどうしようもないおしゃべりのキアステンでさえ、そのときばかりはちゃんとおとなしくしています。お祈りの言葉も、その意味も、ふたりにはわかりませんが、それでもそのときがローセン一家にとってど

（注）ユダヤ教の新年…ユダヤ教の新年は、グレゴリオ歴の九月または十月の第一日め。

んなにだいじか、感じでわかるのです。

「うん。おばちゃんがろうそくをつけるのを、見に行く。おニューの黒い靴《くつ》をはいてく」

キアステンがうれしそうに言いました。


ところが、そうはいきませんでした。木曜日の朝、アネマリーはキアステンと学校に行くとき、ローセン一家がよそいきを着て、シナゴーグ（ユダヤ教の教会堂《きょうかいどう》）に行くところを見かけました。アネマリーがエレンに手を振り、エレンもうれしそうに手を振って応えました。

「エレンはいいな。今日は学校に行かなくていいのよね」

アネマリーがキアステンに言いました。

「だけど、きっと、すごくじっと座ってなくちゃいけないんだよ。あたしたちが教会に行ったときみたいに。そんなの、ちっともおもしろくないや」キアステンが言いました。

その日の午後、エレンのお母さんがアネマリーの家のドアをたたきましたが、なかにはいってはきませんでした。そのかわり、アネマリーのお母さんが廊下《ろうか》にでて、あわただしい緊張《きんちょう》した声で、長いあいだ話していました。戻ってきたお母さんは心配そうな顔をしていましたが、それでも明るい声で言いました。

「びっくりするようなうれしいニュースがあるのよ。今夜、エレンが泊まりにきて、そのまま何日か泊まっていってくれるの！　うちではあんまりお客さまをしないから、うれしいでしょ」

キアステンが手をたたいて、大喜びしました。

「でも、お母さん、今日はエレンの家の新年じゃないの」びっくりしたアネマリーが言いました。「家でお祝いするんでしょ。お母さんがどこかで、チキンを丸ごと一羽《いちわ》手に入れてきたから、それをローストにするんだって、エレンが言ってたわ――一年ぶりのローストチキンだって！　ううん、一年以上経っているかもしれない！」

「予定が変わったの」お母さんが明るい声で言いました。

「エレンのお父さんとお母さんは、親戚《しんせき》を訪《たず》ねていかなくてはならなくなったんですって。それで、エレンがうちに泊まることになったのよ。さあ、急いであなたたちのベッドのシーツを、きれいなのにかえましょう。キアステン、今夜はお母さんたちのところで寝て、お姉さんたちにはふたりきりで、おしゃべりさせてあげましょうね」

キアステンが、ぷっとふくれました。今にもお母さんに食ってかかりそうでした。

「お母さんが、特別すてきなお話をしてあげるわ。キアステンだけに聞かせてあげるお話よ」

お母さんがすかさず言いました。

「王様のお話？」

キアステンは本当だろうかと思っているようでした。

「ええ、王様のお話がよければ、それにしましょう」

「それじゃ、いいや。だけど、お妃様《きさきさま》もでてこなくちゃだめだからね」


エレンのお母さんがチキンを届けてくれて、アネマリーのお母さんがおいしいごちそうを、みんながおかわりできるくらいたっぷり作ってくれましたが、その夜は、笑ったり、おしゃべりがはずんだりというわけにはいきませんでした。夕飯のあいだじゅう、エレンはあまりものを言いませんでした。何かにおびえているようでした。お父さんとお母さんは楽しい話をしようと、一生懸命になっていましたが、ふたりもやはり不安そうなので、アネマリーまで不安になりました。口にだしては誰も何も言わないのに、部屋の空気がぴんと張りつめていましたが、キアステンだけは気がついていませんでした。黒く塗《ぬ》って、ぴかぴか光っている靴《くつ》をはいた足をぶらぶらさせて、夕飯のあいだじゅう、おしゃべりしたり、クスクス笑ったりしつづけていました。

夕飯のあと片づけがすむとすぐに、お母さんが言いました。

「今夜は、早くベッドにはいりましょうね、キアステン。王様とお妃様《きさきさま》のお話をしてあげる約束をしたけれど、とても長いお話だから、たっぷり時間がいるのよ」

お母さんはキアステンを連れて、部屋に引きあげました。

「何があったの?」

居間《いま》にいるのがエレンとお父さんとだけになったので、アネマリーが聞きました。

「なんだかようすがおかしい。どういうこと?」

お父さんが顔をくもらせました。

「できればこんなことは、おまえたちのような子どもは知らずにすめばいいんだが。でも、エレン、きみはもう知っている。アネマリーにも話さなくてはならないね」

お父さんは穏《おだ》やかな声で言うと、アネマリーのほうを向いて、やさしく髪をなでながら話しはじめました。

「けさ、シナゴーグに集まった人たちを前にして、シナゴーグに属《ぞく》するユダヤ人全員のリストを、ドイツ軍が持っていったと、ラビ（注）が言ったんだ。住んでいるところや、名前が書いてあるリストだ。リストには大勢の人たちに混じって、もちろん、ローセン一家の名前も含まれていた」

「でも、どうして？　どうしてユダヤ人たちの名前を欲しがるの？」

「やつらはデンマークに住んでいるユダヤ人を全員、捕《つか》まえる気でいるからだ。どこかへ連れていくつもりでいる。しかも、今夜にもやってくるかもしれない」

「わからない！　どこへ連れていこうっていうの？」

お父さんは首を振りました。

「どこかはわからないし、なぜそんなことをするのかも、はっきりとはわからない。やつらはそれを、リロケーション（配置がえ）と呼んでいる。それがどういうことかさえ、わたしたちにはわからない。ただそれはまちがっているし、危険なことだから、なんとかしなくてはならないということだけは、はっきりしている」

アネマリーはびっくりして、口もきけませんでした。エレンを見ると、アネマリーのいちば

（注）ラビ…ユダヤ教の指導者に対しての敬称。

んの仲良しは、声もたてずに泣いていました。

「エレンのお父さんとお母さんは、どこにいるの？　助けてあげなくちゃ！」

「三人いっしょに引き取るのは、無理だった。もしもドイツ兵がうちを捜索《そうさく》にきたら、ローセン一家がここにいるのが、たちまちわかってしまう。ひとりならかくまえる。三人はだめだ。エレンのご両親がどこへ隠《かく》れるかは、ピーターが手を貸してくれた。ふたりがどこにいるのか、お父さんたちも知らない。エレンも知らない。だけど、ふたりは安全だ」

すすり泣きが大きくなって、エレンはついに両手で顔をおおってしまいました。お父さんがエレンの肩を抱きました。

「お父さんもお母さんも、安全なところにいるよ、エレン。それは約束できる。じきに、また会えるからね。おじさんが言ったことを、信じてみてくれないかい？」

エレンはためらっていましたが、やがてうなずいて、涙をぬぐいました。

「でも、お父さん、エレンをうちでかくまうっていったって」

アネマリーは家具が少しあるだけの、小さなアパートのなかを見まわしました。大きなソファがひとつ、テーブルがひとつと椅子《いす》がいくつか、壁《かべ》ぎわに小さな本棚《ほんだな》がひとつ。それだけです。

「どうやってかくまうの？　どこへ隠《かく》すの？」

　お父さんは笑顔を見せました。

「その点は心配ないよ。お母さんが言ったとおりにすればいい。ふたりでひとつのベッドにもぐりこんで、クスクス笑ったり、おしゃべりしたり、秘密をうちあけっこしたりしていればいいんだ。もしも誰かやってきたら……」

　エレンが口をはさみました。

「誰かって、誰がくるの？　ドイツ兵？　街角《まちかど》に立っているような？」

　アネマリーは、街角《まちかど》でドイツ兵に止められて、いろいろ聞かれたとき、エレンが震《ふる》えあがっていたのを思いだしました。

「現実に、誰かがやってくるとは思わないよ。ただ、心の準備をしておくにこしたことはないだろう。もし万が一、誰かがやってきても、それがたとえドイツ兵だったとしても、おまえたちふたりはきょうだいなんだ。いつもいっしょにいるんだから、きょうだいのふりをするのは簡単だろう」

　お父さんは立ちあがって、窓に近づきました。そしてレースのカーテンを開けて、通りを見おろしました。外は暗くなりはじめていました。じきに黒いカーテンを閉めなくてはならないでしょう。デンマークでは、どの家の窓にも、黒いカーテンがさがっています。夜になったら、町じゅうを真っ暗にしておかなくてはならないのです。すぐそばの木で、小鳥がさえずっていました。小鳥の歌声をのぞけば、あたりは静まりかえっていました。九月最後の夜でした。

「さあ、そろそろ部屋にはいって、ねまきに着がえるといい。長い夜になるだろうからね」

アネマリーとエレンは立ちあがりました。お父さんがふいにそばにやってきて、ふたりを抱きしめ、頭のてっぺんにキスしました。アネマリーの金髪の頭は、お父さんの肩に届いていました。エレンは黒くてカールした髪を、いつものようにおさげにしていました。

「こわがることはないからね。少しまえまで、お父さんには娘が三人いた。今夜また、娘が三人になって、お父さんはうれしいよ」

お父さんはアネマリーとエレンに、静かに言いました。

5　この黒い髪の娘は誰だ?

「ほんとに誰かやってくると思う? あなたのお父さんは、そう思っていないけど」

エレンはアネマリーの部屋にはいると、アネマリーのほうを見て、心配そうに聞きました。

「くるもんですか。いつだってそうやっておどしてばかり。人をこわがらせて喜んでいるだけよ」

アネマリーは、戸棚《とだな》にかけてあるねまきを取りました。

「もしもやってきたら、お芝居《しばい》の練習をするのにちょうどいいじゃない。リーセになりすますのよ。ただ、もっと背が高かったらいいんだけど」

エレンはつま先立ちして、背を高く見せようとしました。そして、そんな自分がおかしくて、声をあげて笑いました。だいぶ気がらくになったような笑い声でした。

「去年、学校の劇で、闇《やみ》の女王をやったとき、すばらしかった」

アネマリーがエレンに言いました。

「大きくなったら、女優《じょゆう》になればいいのに」

「お父さんは、先生になれっていうの。誰でもかまわず、先生にしたがるのよ、自分がそうだものだから。でもお父さんを説得すれば、演劇学校に行かせてもらえるかもしれないわね」

エレンはまたつま先立ちして、片方の腕《うで》を堂々と振りあげて、芝居《しばい》がかった調子で言いました。

「わたしは闇《やみ》の女王。夜を支配するためにやってきた！」

「『わたしはリーセ＝ヨハンセン！』って言わなくちゃだめよ」

アネマリーがにやにやしながら言いました。

「ナチスに向かって、闇《やみ》の女王だなんて言ったら、たちまち精神病院に放りこまれちゃうわ」

エレンは女優《じょゆう》のポーズをやめて、ベッドの上であぐらをかきました。

「まさか、本当にやってくるなんてことないわよね？」

エレンはもう一度聞きました。

アネマリーは首を振りました。

「百万年待ったって、ぜったいこないわよ」

アネマリーはヘアブラシを手に取りました。

ふと気がつくと、アネマリーとエレンは寝るしたくをしながら、ひそひそ声で話していました。本当は、声をひそめて話す必要などないはずです。ふたりはどこにでもいる、ごくふつうのきょうだいだということになっているのですし、お父さんはいくらクスクス笑っても、おしゃべりしてもいいと言ったのです。それに部屋のドアは、ちゃんと閉まっているのです。

それでも、その夜はなぜか、ふだんの夜とは違っているように思えました。それでつい、ひそひそ声で話してしまったのです。

「お姉さんのリーセは、どうして死んでしまったの、アネマリー？」

だしぬけに、エレンが聞きました。

「死んだときのことは、覚えているわ。それに、お葬式《そうしき》のときのことも――ルーテル派《は》の教会に行ったのは、あのときだけよ。でも、どうして死んだのか、いまだに知らないの」

「わたしもはっきりとは知らないの」

アネマリーが隠《かく》さずに言いました。

「リーセがピーターといっしょにどこかへでかけていって、しばらくしたら電話があって、事故があったって言うの。お父さんとお母さんは、病院へとんでいったわ――ほら、あなたのお母さんがうちにきて、わたしとキアステンについていてくれたの、覚えているでしょ？　キアステンはもう眠っていて、ひと晩じゅう、眠ったままだったわ。まだとても小さかったのよね。でも、わたしは起きていて、あなたのお母さんと居間《いま》にいたら、真夜中になって、お父さんとお母さんが帰ってきたの。そして、リーセが死んだって言ったの」

「雨が降っていたのを覚えている。朝になって、お母さんがわたしに話してくれたときも、まだ降っていた。お母さんは泣いていたし、雨も降っていたせいでしょうね、まるで世界じゅうが泣いているみたいだった」

エレンが悲しそうに言いました。

アネマリーは長い髪をとかしおえて、ヘアブラシを親友に渡しました。エレンはみつあみのおさげをほどくと、首にかけている細い金ぐさり――くさりの先には、ダビデの星（注）がさがっています――に引っかからないように、片方の手で黒い髪を首から離《はな》して、たっぷりかさのある、カールした髪をとかしはじめました。

（注）ダビデの星…ユダヤの国でユダヤ人が経験した保護と国家の富のシンボル。

「雨のせいもあったと思う。リーセは車にはねられたって、お父さんたちが言ったから。道がすべりやすかったし、暗くなってきたときだったから、運転している人によく見えなかったんじゃないかな」

アネマリーは思いだしながら話しました。

「お父さんは、ひどく怒っているみたいだった。片方の手を握《にぎ》りしめて、それをもう片方のてのひらに、いつまでもいつまでも、たたきつけていた。今でもあの音が聞こえる。バシッ、バシッ、バシッ」

ふたりは大きなベッドにもぐりこんで、毛布を引っぱりあげました。アネマリーがろうそくを吹き消してから、黒いカーテンを少し開けて、ベッドのそばの開けてある窓から、風がはいってくるようにしました。

「部屋のすみに、青いトランクがあるの、見える?」

アネマリーは暗いなかで指さしました。

「リーセのものがいっぱいはいっているのよ。ウエディングドレスも。お父さんもお母さんも、ぜったいに見ようとしないの。あそこにしまいこんでしまった日から、一度も」

エレンがため息をつきました。

「ウエディングドレスを着たリーゼって、とてもきれいだっただろうな。リーゼの笑顔って、すてきだった。わたし、いつも、リーゼはわたしのお姉さんだって思うことにしていたのよ」

「リーゼもきっと喜んでくれたと思うわ。あなたのこと、大好きだったもの」

「若いときに死んでしまうくらい、この世でひどいことないわよね」エレンが声をひそめて言いました。「ドイツ兵に一家そろってどこかへ連れていかれてしまうなんて、そんなのいやよ――どこかよその土地で暮らさなければならないなんて。でも、死んでしまうよりはましかもしれない」

アネマリーはエレンに寄りそって、抱きしめました。

「あなたを連れていかせはしない。あなたのお父さんとお母さんもよ。うちのお父さんが、ふたりともまちがいなく安全だって言ったでしょ。お父さんがまちがいないと言ったことは、いつもだいじょうぶなの。あなたもわたしたちとここにいっしょにいるんだもの、安全まちがいなしよ」

しばらくは、アネマリーとエレンは暗いなかで、小さな声で話しつづけていましたが、しだいにひそひそ声がとぎれとぎれになって、あくびが聞こえるようになりました。そのうち、エレンの声がしなくなりました。エレンはくるりと寝がえりをうったと思うと、すぐに静かで、ゆっくりとした寝息をたてはじめました。

アネマリーは窓を見つめました。空がはっきり浮きあがって見えていますし、木の枝が、風でかすかに揺《ゆ》れています。目にはいるものは、何もかも見なれたものばかりで、心がやすまりました。危険がせまっているというのは、ただ頭のなかで作りだしたわけのわからないこと、子どもたちが互いに相手をこわがらせようと思って考えだす、幽霊話《ゆうれいばなし》のようなものです。現実にはけっしておこらないことです。アネマリーは自分の家にいるのですし、お父さんとお母さんが隣《となり》の部屋にいて、いちばんの仲良しが隣《となり》で眠っているのです。これほど安全なことがあるでしょうか。アネマリーは安心しきってあくびをし、目を閉じました。

それから何時間も経ちました。あたりはまだ暗いままでしたが、アネマリーは家のドアをドンドンたたく音で、はっと目が覚めました。

アネマリーは音がしないように、ほんの少しだけ部屋のドアを開けて、のぞいてみました。

アネマリーのうしろでは、エレンが起きあがって、目を大きく開けていました。

ねまき姿のお父さんとお母さんが、動きまわっているのが見えました。お母さんはろうそくを持っていましたが、アネマリーが見つめているうちに、スタンドに近づいて、電気のスイッチを入れました。電気の使用量がきつく制限されているので、ずいぶん長いこと、暗くなっても電気を使っていなかったので、わずかなドアのすきまからのぞいているアネマリーには、くらくらするほど明るく感じられました。お母さんがいつものくせで灯火管制用《とうかかんせいよう》の黒いカーテンに目をやって、しっかり閉まっているか確かめていました。

お父さんがドアを開けると、ドイツ兵が何人か立っていました。

「ヨハンセンの家か?」

太い声が、ひどいなまりのあるデンマーク語で聞くのが、ひびき渡りました。

「誰の家かは、ドアに書いてありますし、そちらは懐中電灯《かいちゅうでんとう》を持っているじゃないですか」

お父さんが答えました。「なんの用です? 何かあったんですか?」

「同じアパートのローセン一家とは、友だちだな、ヨハンセンの奥さん?」

ドイツ兵がまるで怒っているような調子で言いました。

「確かに、ソフィー＝ローセンはわたしの友人です」お母さんが静かに言いました。「お願いですから、もう少し小さな声で話していただけませんか。子どもたちが眠っているんです」

「それなら、ローセン一家がどこにいるか、教えてもらおうではないか」

ドイツ兵は声を小さくする気など、まったくありませんでした。

「家で眠っているんじゃありませんか？ 朝の四時ですから」お母さんが言いました。

ドイツ兵が、居間《いま》から台所へ向かってゆっくり歩いていくのが聞こえました。自分の部屋に隠《かく》れて、ドアの細いすきまからのぞいているアネマリーにも、ドイツ兵が見えました。軍服《ぐんぷく》に身をかため、ホルスターに入れた拳銃《けんじゅう》を腰にさげたドイツ兵は、台所の入り口に立って、流し台のほうをのぞいていました。

別のドイツ兵の声がしました。

「ローセンの家はからっぽだ。仲のいい友人のヨハンセン家《け》に、遊びにきているのではないかと思ったのだ」

「そういうことなら」お父さんが少し動いて、アネマリーの部屋のドアの前に場所を変えたの見《けん》で、アネマリーにはお父さんの背中がぼんやり見えるだけになりました。「見てのとおり、当違《とうちが》いです。ここにはうちの家族のほかには、誰もいませんよ」

「見てまわりたいが、かまわないだろうな」

耳ざわりなきびしい声で、許可を求めているとはとても思えませんでした。

「どうぞと言うほかないようですな」お父さんが答えました。

「お願いですから、子どもたちを起こさないでください」

お母さんがあらためて頼《たの》みました。

「小さな子どもたちをこわがらせることはないでしょう」

長靴《ちょうか》をはいた重い足音がまた部屋を横切って、お父さんたちの部屋にはいっていきました。

戸棚《とだな》のドアが開いて、バタンと大きな音をたてて閉まりました。

アネマリーは音をたてずに、そっとドアを閉めました。そして、暗いなかを手探りで、ベッドに戻りました。

「エレン、そのペンダントをはずして！」

アネマリーはさしせまった声でささやきました。

エレンはすぐに両手を首に持っていき、必死で小さな止め金《とがね》をはずそうとしました。部屋のドアの外では、まだ耳ざわりな声と重い足音がしていました。

「はずれない！」エレンが半狂乱《はんきょうらん》になって、悲鳴をあげました。「はずしたことがないんですもの。どうやってはずせばいいかも覚えてないわ！」

アネマリーの部屋のすぐ外で、声がしました。

「ここはなんだ？」

「しーっ！娘たちの部屋です。ぐっすり眠っているんです」

お母さんが答えていました。

「じっとしていて。痛いかもしれないわよ」

アネマリーが言いました。アネマリーは細い金ぐさりをつかむと、ありったけの力をこめて引っぱって、くさりを引きちぎりました。ドアが開いて、部屋のなかがぱっと明るくなったとたんに、アネマリーは金ぐさりを手のなかに押しこんで、しっかり握《にぎ》りしめました。

ふたりはおびえた顔で、部屋にはいってきた三人のドイツ兵を見あげました。

三人のなかのひとりが、懐中電灯《かいちゅうでんとう》で部屋のなかをあちこち照らしました。戸棚《とだな》まで歩いて

いって、なかをのぞきこみました。それから手袋をはめた手で、壁にかかっていたコート何《なん》着《ちゃく》かとバスローブを床《ゆか》に払いおとして、踏みつけて調べました。

あと部屋にあるのは、整理だんすと、すみに置いてある青いトランクと、小さなロッキングチェアにつみあげてあるキアステンの人形だけでした。懐中電灯《かいちゅうでんとう》がそういうものをひとつひとつ、照らしていきました。ドイツ兵は怒ったように、ベッドのほうを向きました。

「起きろ！　こっちへでてこい！」

ドイツ兵が命令しました。

アネマリーとエレンは震《ふる》えながらベッドをでると、ドイツ兵について、入り口に立っているもうふたりの前をすりぬけて、居間《いま》にでました。

アネマリーは、部屋のなかを見まわしてみました。軍服姿《ぐんぷくすがた》の三人のドイツ兵は、街角《まちかど》に立っている兵隊たちとは違っていました。街角《まちかど》に立っているのは若い兵隊が多くて、まるでそこにいるのが申しわけないようなようすを見せることもあります。アネマリーは例のキリンが、一瞬きびしい態度を脱ぎすてて、キアステンににっこり笑いかけてくれたのを思いだしました。

けれど、目の前にいるドイツ兵たちはずっと年上で、腹だたしさで表情をこわばらせていました。

お父さんとお母さんは、かたい表情で寄りそって立っていましたが、キアステンの姿はありませんでした。キアステンが何があっても目を覚まさない子なのは、なんとありがたいことでしょう。うっかり目を覚まさせてしまったら、大声で泣きわめくにきまっています。それどころか、腹をたてて、なぐりかかるかもしれません。

「名前は?」

ドイツ兵のひとりがほえたてました。

「アネマリー=ヨハンセンです。こっちは、お姉さんの……」

「言うな! 自分で答えてもらう。名前は?」

ドイツ兵はエレンをにらみつけました。

エレンは、ごくんとつばを飲みこみました。

「リーセ」

エレンは小さなせきばらいをしてから、言いなおしました。

「リーセ=ヨハンセンです」

ドイツ兵はふきげんな顔で、ふたりをにらみつけました。

「さあ、これで、わたしたちが何も隠《かく》していないのがわかったでしょう。子どもたちを、ベッドに戻らせてやってください」お母さんがきびしい声で言いました。

ドイツ兵はお母さんの言うことなど耳を貸しませんでした。いきなり、エレンの髪をつかみました。エレンはちぢみあがりました。

ドイツ兵がせせら笑いました。

「あっちの部屋には、金髪の子が眠っている。そして、ここにも、金髪の娘がいる……」

ドイツ兵はアネマリーをあごでさしました。

「この黒い髪の娘は、どこで拾ってきたんだ?」

ドイツ兵は、手に握《にぎ》っているエレンの髪をひねりました。

「父親の違う娘か?　相手は牛乳屋か?」

お父さんが一歩前に踏みだしました。

「わたしの妻に、そんな口のきき方をしないでもらおう。娘から手を離《はな》しなさい。離《はな》さなければ、こんなやり方に対して苦情を申したてるから、そのつもりでいてもらいたい」

「どこか、別のところで拾ってきたのかもしれないな」

将校《しょうこう》はばかにしたように笑いました。

「ローセン家《け》でか？」

一瞬、みんなが黙《だま》りこくりました。震《ふる》えあがっているアネマリーの目の前で、お父さんがすばやく小さな本箱にとんでいって、本を一冊抜きとりました。お父さんが抜きとったのは、家族の写真アルバムでした。お父さんは急いでぱらぱらページをめくって、探していたものを見つけだすと、それぞれ違うページから、三枚の写真を引きはがしました。

お父さんはその三枚の写真をドイツ兵に渡しました。ドイツ兵はエレンの髪を離《はな》しました。

「娘三人の写真です。それぞれに名前がちゃんと書いてありますよ」

お父さんがどの写真を選んだか、アネマリーにはすぐにわかりました。アルバムには、スナップ写真がたくさん貼《は》ってあります――学校の行事や誕生パーティーで撮《と》った、ピンボケの写真がほとんどです。けれど、写真屋さんで撮《と》ってもらった写真もあります。ひとりひとりが、まだ小さな赤ちゃんだったときの写真です。写真の下のほうに、お母さんのきれいな字で、赤ちゃんの名前を書きこんでありました。

アネマリーは、お父さんがどうして写真をアルバムから引きはがしたか気がついて、ぞっとしました。どのページにも写真のすぐ下に、日づけが書きこんであるのです。本当のリーセ＝ヨハンセンが生まれたのは、二十一年もまえのことでした。

「キアステン＝エリザベス」

ドイツ兵は、キアステンが赤ちゃんだったときの写真を見ながら読みあげました。読みおえると、写真を床《ゆか》に落としました。

「アネマリー」

ドイツ兵は次の写真を読みあげて、アネマリーにちらりと目を走らせたあとで、二枚めの写真も床《ゆか》に落としました。

「リーセ＝マーガレット」

ドイツ兵は最後の名前を読みあげてから、長いあいだじっと、エレンを見つめつづけていました。アネマリーは、ドイツ兵が手に持っているのがどんな写真か、はっきり覚えていました。目のくりくりした赤ちゃんが、クッションに寄りかかって座っている写真です。小さな手に、銀《ぎん》のおしゃぶりを握《にぎ》って、刺繍《ししゅう》のしてあるベビードレスのすそから、はだしの足がのぞいています。細い髪はカールしています。真っ黒い髪が。

ドイツ兵は写真をまっぷたつにやぶいて、床《ゆか》に捨てました。それから、くるりと向きを変えると、ぴかぴかに磨《みが》きあげてある長靴《ちょうか》のかかとで、ぎりぎり何度も写真を踏みつけてから、でていきました。ほかのふたりのドイツ兵もひと言《こと》も何も言わずに、あとに続きました。お父さんが前にでて、うしろ手にドアを閉めました。

アネマリーは、かたく握《にぎ》りしめていた右手の指をゆるめました。てのひらに、まだエレンのペンダントを握《にぎ》りしめていたのです。見おろしてみると、てのひらにダビデの星のあとが、くっきり残っていました。

6　天気は漁《りょう》にむいているか？

「これからどうするか、考えなくてはならないな」お父さんが言いました。

「あっちも、疑いはじめている。正直言ってさっきまでは、もし万が一、やつらがここにやってきても――こないといいと思っていたがね――ちょっと見まわしてみて、人を隠《かく》すような場所がないのがわかれば、すぐに帰ってしまうだろうと考えていたんだ」

「わたしの髪、黒くなければよかった」エレンがつぶやきました。「髪のせいで、疑われちゃったんですもの」

お母さんがすばやく手をのばして、エレンの手を取りました。

「すてきな髪じゃないの、エレン。お母さんの髪そっくりよ。黒くなければよかったなんて思ってはだめ。お父さんがすぐに思いついて、あの写真を探しだしてくれて、よかったわね。それ

に、リーセが赤ちゃんのとき髪が黒かったのも、本当によかったわ。あとになってから、金髪に変わったのよ、ふたつくらいのときに」

「変わるまでしばらくは、毛が一本もなかった」お父さんが言いました。

エレンとアネマリーは、ようやく笑顔を見せました。不安だった気持ちが少しゆるみました。アネマリーは気がつきました。今夜初めて、お父さんとお母さんはリーセのことを、突然話題にしました。三年経って、初めて。

外では空が白《しら》みはじめていました。お母さんは台所へ行って、お茶のしたくを始めました。

「こんなに早く起きたの初めて。エレンもわたしも、きっと学校で居眠りしちゃう！」アネマリーが言いました。

お父さんはあごをなでながら、しばらくのあいだ考えていました。

「危険をおかしてまで、今日学校に行くことはないだろう。学校にも、ユダヤ人の子どもを探しにくるかもしれないから」

「学校へ行かないの？」エレンはびっくりして聞きました。「教育は何よりもだいじだって、お父さんもお母さんもいつも言っているわ。何があっても教育だけはしっかり受けなくちゃだめだって」

「ちょっと休みをとるだけだ、エレン。今、いちばんだいじなのは、きみが無事でいることだからね。きみのご両親もきっと、そのとおりだと言ってくださるよ。インゲ！」

お父さんが、台所にいるお母さんを呼びました。お母さんがティーカップを持ったまま、なんでしょうという顔で、入り口に現れました。

「はい？」

「子どもたちを、ヘンリックのところへ連れていかなくてはならないよ。ピーターが言ったことを覚えているだろう。あそこへ行くのは今日だと思う」

お母さんがうなずきました。

「そのとおりね。でも、わたしが連れていきます。あなたはここに残っていてくださらなくっては」

「ここに残って、おまえをひとりで行かせるというのかい？　そんなまねはできない。危険な旅なんだ。ひとりで行かせるわけにいくものか」

お母さんがお父さんの腕《うで》に手を置きました。

「わたしひとりが子どもたちと行ったほうが安全よ。女と子どもだけのほうが、疑われることもないでしょうから。もしも見張られているとして――一家そろって家を離《はな》れるところを見られたら？ この家がからっぽで、あなたが今朝《けさ》は会社にでていないのがわかったら？ そうすれば、わかってしまうわ。そうなったら危険よ。わたしひとりで、だいじょうぶ、行かれます」

お母さんがお父さんの言うことに反対するなんて、めったにないことでした。お父さんの顔を見れば、お父さんがどうしようか迷っているのがわかりました。ついに、お父さんがしかたないというように、うなずきました。

「持っていくものを用意します」お母さんが言いました。「今、何時かしら？」

お父さんが腕《うで》の時計を見ました。

「じき五時になる」

「ヘンリックはまだいると思うわ。五時ごろでかけるから。電話をしてくださいません？」

お父さんが電話のそばに行きました。エレンが、わけがわからないという顔をしました。

「ヘンリックって、誰なの？ でかけるって、朝の五時に、どこへ行くの？」

アネマリーが笑いました。

「ヘンリックっていうのは、わたしのおじさんなの——お母さんのお兄さん。漁師《りょうし》をしているのよ。漁師《りょうし》って、毎朝とても早く家をでるの——お日さまがのぼるころ、船をだすの。ああ、エレン、あなたきっと、あそこが好きになるわ。おじいちゃんとおばあちゃんが住んでいたところで、お母さんとヘンリックおじさんは、そこで大きくなったの。すごくきれいなところよ——海のすぐそばで。牧草地《ぼくそうち》のはずれに立つと、海の向こうにスウェーデンが見えるのよ！」

アネマリーは、お父さんが電話でヘンリックおじさんと話しているのを聞いていました。お父さんはお母さんと子どもたちが遊びに行くといいました。エレンは洗面所にはいって、ドアを閉めてしまいました。お母さんはまだ台所にいました。ですから、聞いているのはアネマリーだけでした。

それにしても、お父さんはなんだって、あんなわけのわからないことを言っているのでしょう。

「それで、ヘンリック、天気は漁《りょう》にむいているかい？」

お父さんがはずんだ声で言って、しばらく黙《だま》って返事を聞いていました。

お父さんはそのあと、また先を続けました。

「今日、子どもたちを連れて、インゲがそっちへ行く。インゲには、たばこを一箱持っていかせるから」

お父さんがすぐ話を続けました。ヘンリックおじさんが言っていることは、アネマリーには聞こえませんでした。

「そう、一箱だ。ただ、たばこなら、コペンハーゲンにはいくらでもある、その気になって探せば。だから、そのうちきっと、もっと届くと思うよ」

でも、お父さんの言っていることは、本当ではありませんでした。本当でないのは、アネマリーにだってよくわかっていました。お父さんはたばこが吸いたいのに、どうしても手にはいらないのです。お母さんが、飲みたいコーヒーを手に入れられないのとおんなじです。お父さんは店に行ってもたばこを売ってないと言って、しょっちゅう文句を言っています――つい昨日だって、ぶつぶつ言っていました。会社の仲間たちは、吸えるものならなんでも吸ってしまうと言って、お父さんは顔をしかめました。干した草を紙で巻いて吸うこともあって、それがまた、ひどいにおいがするのだそうです。

お父さんはなんであんな話し方をしているのでしょう? まるで暗号を使って話しているようです。お母さんはヘンリックおじさんに、本当は何を持っていくのでしょう?

そこまで考えて、アネマリーははっと気がつきました。エレンです。

デンマークの海岸沿いを、汽車で北に向かうと、美しい景色がひろがっています。汽車の窓から、海が見えては隠《かく》れ、また見えては隠《かく》れが続きます。アネマリーはここを汽車で、何度通ったかわかりません。おじいちゃんとおばあちゃんが生きていたころは、ふたりのところに遊びに行きましたし、ふたりが亡《な》くなってからは、大好きなおじさんに会いに行くからです。おじさんはとても愉快《ゆかい》で、真っ黒に日に焼けていて、結婚しないでひとりで暮らしています。

けれど、エレンにとっては、ここを汽車で行くのは初めてでした。エレンは窓に顔を押しあてて、海岸沿いに並んでいるかわいらしい家や、小さな農場や村を、熱心に見ていました。

「見て！」アネマリーが叫《さけ》んで、反対側を指さしました。「クランペンボーよ！ シカ公園があるの！ ここでおりたいな、ほんのちょっとのあいだでいいから！」

お母さんが首を振りました。「今日はだめよ」

汽車は小さなクランペンボー駅に止まりましたが、わずかばかりの乗客のなかに、おりる人はいませんでした。

「エレンは、あの公園に行ったことがある？」

お母さんが聞きましたが、エレンは、ないと答えました。

「そう、そのうちきっと行かれるわ。公園を歩いていくと、シカが何百頭もいるの。とてもよく人に慣れていて、放し飼いになっているのよ」

キアステンは座席に膝《ひざ》でのぼって、窓からのぞきました。

「シカなんて見えないよ！」キアステンが文句を言いました。

「いることはいるのよ。木のかげに隠《かく》れているんでしょう」お母さんが言いました。

汽車がまた走りだしました。アネマリーたちが座っている車両《しゃりょう》の奥のドアが開いて、ドイツ兵がふたりはいってきました。アネマリーは身をかたくしました。まさか、ここにも、汽車のなかにまで？ドイツ兵ときたら、どこにでもいるのです。

ふたりの兵隊はそろってぶらぶら歩いてきながら、乗客に目を走らせては、ときどき立ち止まって、何か聞いていました。ひとりの兵隊は歯に何かはさまっているようで、顔をしかめて、舌で探っていました。アネマリーはこわいもの見たさで、近づいてきた兵隊たちから目が離《はな》せませんでした。

兵隊のひとりがあきあきしたという表情で、アネマリーたちを見おろして質問しました。

「どこへ行くんだ？」

「ギレライエです」お母さんが落ち着きはらって答えました。「そこに兄がおります。兄のところへ遊びに行くところです」

兵隊が背を向けたので、アネマリーはほっとしました。ところが、兵隊はいきなりふり向いて、だしぬけに聞きました。

「新年なので、兄さんをたずねていくのか？」

お母さんは、わけがわからないという顔で、兵隊を見つめました。

「新年？ まだ十月じゃありませんか」

「いいこと教えてあげる！」

突然、キアステンが兵隊を見ながら、大きな声で叫《さけ》びました。

アネマリーはどきっとして、お母さんのほうを見ました。お母さんもおびえた目をしていました。

「しーっ、キアステン。おしゃべりするんじゃないのよ」

けれどキアステンはいつものように、お母さんの言うことなんか聞こうとしませんでした。にこにこしながら、兵隊を見ています。キアステンが何を言おうとしているか、アネマリーにはわかっていました。この人、あたしたちの友だちのエレンよ。エレンにとっては、今が新年なのよ！

ところが、キアステンはそんなことは言いませんでした。自分の足を指さして、うれしそうに言いました。

「あたし、ヘンリックおじちゃんのとこに行くのよ。ぴっかぴかで真っ黒い、おニューの靴《くつ》をはいてるの！」

兵隊はクスクス笑いながら、行ってしまいました。

アネマリーはまた窓の外に目をやりました。森や、バルト海や、十月の曇《くも》り空《ぞら》を、ぼんやりかすんだまましろに残して、汽車は海岸を北に向かって走りつづけました。

「空気のにおいをかいでごらんなさい」汽車をおりて、細い道に向かって歩いていきながら、お母さんが言いました。「あまくて、さわやかでしょ。このにおいをかぐと必ず、昔のことを思いだすのよ」

空気はすがすがしく、ひんやりしていて、潮《しお》と魚のにおいが鼻をつきましたが、けっしていやなにおいではありませんでした。薄い雲のかかった上空を、カモメがつばさをひろげてゆったりとびながら、何かをなげき悲しんでいるような声で鳴いていました。

お母さんが時計に目をやりました。

「ヘンリック兄さんは、帰ってきているかしらね。いいえ、かまわないわ。家はいつだって、鍵《かぎ》がかかっていないんだから。さあ、みんな、歩いていきましょう。たいして遠くないの。三キロたらずよ。それに、気持ちのいい日でしょ。街道《かいどう》はやめて、森を抜けていきましょう。そっちのほうがちょっと遠いけれど、とてもきれいなのよ」

「ヘルシンガーを通ったときにあったお城、すてきだったね、エレン」

キアステンが言いました。キアステンは、海のそばにそびえたっている、堂々として古めかしいクロンボー城を汽車の窓から見てから、その話ばかりしていました。

「あそこでおりて、お城に行きたかったな。あそこには、王様が大勢住んでいるんだよ。それに、お妃様《きさきさま》たちも」

アネマリーは妹のおしゃべりにうんざりして、ため息をつきました。

「住んでないわ。昔は住んでいたけど。でも、今あそこには王様は住んでないの。第一、今のデンマークには王様はひとりしかいないのよ。その王様は、コペンハーゲンに住んでるでしょ」

そう言われても、キアステンはうれしそうに歌いながら、ぴょんぴょんスキップで、どんどん先へ行ってしまいました。

「王様とお妃様《きさきさま》が、大勢。王様とお妃様《きさきさま》が、大勢」

お母さんが肩をすくめて、にっこりしました。

「キアステンには、夢を見させておいてやりましょうよ、アネマリー。お母さんもキアステンくらいのころには同じことをしていたわ」

お母さんは角《かど》を曲がると、細い曲がりくねった道を先に立って、村に向かって歩いていきました。

「ここはお母さんが娘だったころと、ちっとも変わっていないわ。あそこに、ギッテおばさんが住んでいたのよ、あの家に」お母さんは指さしました。「おばさんは、もう何年もまえに亡《な》くなってしまったけれど。でも、家はそのまんま。おばさんはいつも、庭を美しい花でいっぱいにしていたわ」

お母さんは家の前を通りすぎるとき、低い石垣の上から、庭をのぞきこみました。花はほんのわずかしか咲いていませんでした。

「今もきっと、まえと同じなんでしょうけど、今は時期が悪いのね——あそこに、キクが少し残っているだけだわ」

お母さんがまた指をさしました。

「それから、ほら、あそこ。あの家に、お母さんのいちばんの仲良しが住んでいたの。ヘレナという名前だったわ。ときどき泊まりに行ったものよ。でもヘレナのほうが、週末にうちに泊まりにくるほうが多かったわ。田舎《いなか》のほうがおもしろかったから」

お母さんがクスクス笑いながら、話を続けました。

「ヘンリック兄さんに、よくからかわれたものよ。幽霊《ゆうれい》の話をしては、わたしたちを死ぬほどこわがらせるの」

お母さんは舗装《ほそう》をした道が終わったところで曲がって、両側に木立《こだち》が並んでいる小道にはいりました。

「毎朝、町にある学校に行くとき、お母さんのかわいがっていた犬が、ここまでついてきたの。この小道が終わるところで、くるっとまわれ右して、帰っていったわ。田舎《いなか》の犬だから、町がきらいだったんでしょうね」

お母さんはにこにこしながら言いました。

「そういえば、その犬は、トロファストという名前だったのよ、忠実《ちゅうじつ》という意味の。名前どおりの犬でね、それは忠実《ちゅうじつ》だったの。毎日、午後には必ずここで、わたしの帰りを待っていたわ。いつ帰ってくるか、なぜだかちゃんとわかっているの。この角《かど》を曲がると、トロファストがここで、しっぽを振りながら待っていてくれるような気がする。今日だってそうよ」

けれど、今日は、小道では誰も待っていてくれませんでした。人も、忠実《ちゅうじつ》な犬も。お母さんは荷物を反対の手に持ちかえました。みんなでそろって森の小道を歩いていくと、やがて木立《こだち》が切れて、牛が点々と散らばっている牧草地《ぼくそうち》にでました。そこでは、小道は柵《さく》に沿って、牧草《ぼくそう》地《ち》のまわりをまわっていましたし、牧草地《ぼくそうち》の向こうには、風に波だっている灰色の海が見えていました。かすかな風で、背の高い草も、波のように揺《ゆ》れていました。

牧草地《ぼくそうち》が終わったところで、また森にはいりました。もうすぐそこです。ヘンリックおじさんの家は、森が切れたところにあるのです。

「走っていってもいい?」アネマリーがだしぬけに聞きました。「誰よりも真っ先に、おじさんの家を見たいの!」

「ええ、いいわよ」お母さんが言いました。「先に走っていって、家にわたしたちがきましたって知らせておいてちょうだい」

お母さんはそう言ったあとで、エレンの肩を抱いてつけ加えました。

「お友だちを連れてきたって、言っておいてね」

7　海辺の家

「ああ、アネマリー、なんてきれいなの！」

エレンが、感心しきった声をあげました。

アネマリーもあたりを見まわして、本当にそうだと思ってうなずきました。ヘンリックおじさんの家も、家をとりまいている草原も、アネマリーにとっては小さいころから見なれたもので、ごくふつうのものになっていたので、あらためてよく見てみることなど、めったにありませんでした。でも、今、エレンがあんまり喜んでいるので、新しいものを見る目で見なおしてみたのです。エレンの言うとおりです。なんと美しいのでしょう！

屋根の赤い小さな家はとても古くて、煙突《えんとつ》は曲がっていますし、よろい戸のおりている小さな窓は、どれもかしいでいます。寝室《しんしつ》の窓のすぐ上の軒下《のきした》から、藁《わら》でできた小鳥の巣がのぞい

ています。家のすぐそばに、こぶだらけのりんごの木が一本立っていて、熟《じゅく》しすぎた実がいくつか、まだ枝に残っていました。

お母さんとキアステンは、家のなかにはいっていきましたが、アネマリーとエレンは、背の高い草をかきわけて走っていきました。あちこちに、野の花がまだ咲いていました。どこからともなく、灰色の子ねこが現れて、アネマリーたちといっしょに走りはじめました。子ねこはときどき、いもしないねずみにとびかかるまねをしてみたり、前足をちょっとなめたりしたと思うと、また矢のように走りだしたりしました。アネマリーたちのことなんか、ちっとも気にしていないという顔をしているくせに、しょっちゅう立ち止まっては、ふたりがまだいるか確かめました。遊び相手ができて、喜んでいるのでしょう。

草原は、海で終わっていました。草原のはずれには、つるつるした大きな岩が並んでいて、灰色の波が風になぎたおされた褐色《かっしょく》の草を、まるでなめているようにぬらしていました。

「こんなに海のすぐそばまできたの、生まれて初めて」エレンが言いました。

「そんなことない。コペンハーゲンの港に、何度も何度も行ってるじゃない」

エレンが笑いました。

「わたしが言ってるのは、本物の海っていうこと。ここにあるみたいな。ほかにはなんにもなくて――どこまでもどこまでも、水ばっかりの海」

アネマリーはびっくりして、目を丸くしました。海に囲まれた国デンマークに住んでいるのに、一度も水際《みずぎわ》に立ったことがないなんて。

「お父さんもお母さんも、都会育《とかいそだ》ちなんだね」

エレンがうなずいて、笑いながら言いました。

「お母さんは、海がこわいって言うの。大きすぎてだめなんだって。それに冷たすぎるって!」

ふたりは大きな岩の上に座って、靴《くつ》とソックスを脱ぎました。ぬれた岩をまたぐと、波が足をぬらしました。確かにとても冷たい水でした。ふたりはクスクス笑いながら、足を引っこめました。

アネマリーは石から身をのりだして、波のまにまに揺《ゆ》れている、茶色くなった木《こ》の葉《は》を拾いあげました。

「見て。この葉っぱ、スウェーデンから流れてきたのかもしれない。スウェーデンにある木から、風で吹きとばされて海に落ちて、はるばる海を渡ってきたのかもね。ほら、あそこ」

アネマリーが指さしました。

「陸地が見えるでしょ？　海のずっと向こうに。あれがスウェーデンよ」

エレンは手をかざして、海の向こうにぼんやりかすんでいる海岸線を眺めました。あれはよその国なのです。

「そんなに遠くないのね」エレンが言いました。

「もしかすると、あっちにも、わたしたちくらいの女の子がふたり立っていて、こっちを見ながら、『あれがデンマークよ！』って言っているかもしれない」アネマリーも言いました。

アネマリーとエレンは目を細めて、ぼんやりかすんでいるはるかかなたを眺めました。そうすれば、スウェーデンの女の子が向こうに立って、こっちを眺めている姿が、本当に見えるかもしれないと思っているようでした。でも、遠すぎて無理でした。見えたのは、ぼんやりかすんでいる陸地と、ふたつの国を隔《へだ》てている灰色の波間で大きく揺《ゆ》れている、二艘《にそう》の小さな船だけでした。

「あの船のひとつ、ヘンリックおじさんのかな？」エレンが言いました。

「そうかもね。でも、わからない。遠すぎて。おじさんの船には、インゲボーっていう名前が

ついてるのよ。うちのお母さんの名前からとったの」

エレンがあたりを見まわしました。

「ヘンリックおじさんの船は、ここに置いておくの？　流されないように、しっかりつないでおくわけ？」

アネマリーが笑いました。

「まさか、違うわよ。町よ。町の港に、大きな船着《ふなつ》き場《ば》があって、漁船《ぎょせん》はみんなそこからでたりはいったりするの。とってきた魚をおろすのも、そこ。すごいにおいがするのよ！　夜のあいだ、船はみんなそこに置いてあるの、いかりをおろして、港のなかに」

「アネマリー！　エレン！」

お母さんの声が、草原の向こうから聞こえてきました。ふたりはきょろきょろ見まわして、お母さんが手を振っているのを見つけました。すぐに靴《くつ》を拾いあげて、家に向かって歩きはじめました。子ねこは岩の上でのんびり寝そべっていたのに、やっぱり急いで起きあがって、ふたりについてきました。

「エレンを海岸に連れていって、海を見せてあげたの」お母さんが待っているところに着くと、アネマリーが言いました。「あんなに海のすぐそばまで行ったの、初めてなんですって！　水にはいってちょっと歩いてみようとしたけど、冷たくてだめだったわ。夏なら、泳げたのにね」

「夏でも冷たいのよ」

お母さんはそう言ってから、あたりを見まわしました。

「誰にも会わなかったでしょうね？　誰かと口をきいたりしなかったわね？」

アネマリーは首を振りました。

「会ったのは、この子ねこだけ」

子ねこは、エレンに抱きあげられていました。エレンが小さな頭をそっとなでながら、やさしく話しかけてやると、子ねこはエレンの腕《うで》のなかで、ゴロゴロ喉《のど》を鳴らしました。

「もっとまえに、気をつけるように言っておくつもりだったの。ここにいるあいだ、誰とも顔を合わせないようにしなくてはだめよ」

「顔を合わせるといったって、このへんには、誰もいないじゃない」アネマリーが言いました。

「それでもよ。誰かを見かけたら――たとえ知っている人でも、それがヘンリックおじさんのお友だちだとしても――すぐ家のなかに引っこんだほうがいいわ。エレンが誰だか説明するのは、とてもむずかしいし……危険かもしれないでしょ」

エレンが顔をあげて、唇《くちびる》をかみました。

「まさかここには、兵隊はいないんでしょ？」

お母さんがため息をつきました。

「残念だけれど、兵隊はどこにでもいるんじゃないかしら。特に今はね。いやな時代だわ。さあ、なかにはいって、夕飯のしたくを手伝ってちょうだい。じきに、ヘンリックおじさんが帰ってくるわ。入り口の階段に気をつけて。板がゆるんでいるから。お母さんが何をしたと思う？りんごをいっぱい見つけたの。アップルソースが作れるわ。お砂糖はないけど、りんごが甘いでしょ。おじさんがお魚を持って帰ってきてくれるでしょうし、薪《まき》もあるから、今夜は暖かくしていられるし、お腹《なか》いっぱい食べられるわ」

「それじゃ、ちっともいやな時代じゃないじゃないの。アップルソースがあるんなら」アネマリーが言いました。

エレンが子ねこの頭にキスしてやりました。子ねこはエレンの腕《うで》からとびおりて、あっというまに、背の高い草のなかに消えてしまいました。アネマリーとエレンはお母さんについて、家のなかにはいりました。

その夜、アネマリーとエレンは二階の小さな部屋で、ねまきに着がえました。お母さんが小さいときに使っていた部屋です。廊下《ろうか》をはさんだ向かいの部屋では、昔、おじいちゃんとおばあちゃんが使っていた大きなベッドで、キアステンがもう眠っていました。

エレンは、花が咲いている小枝がとんでいるもようの、アネマリーのねまきを着ました。アネマリーのお母さんが荷物に入れておいてくれたものでした。着がえがすんだエレンは、なにげなく首に手をやりました。

「わたしのペンダント、どこにあるの？ あれをどうしたの？」

「安全な場所に隠《かく》したのよ」アネマリーが言いました。「誰にもわからない、秘密の場所。誰が探しても、ぜったいに見つからないわ。あれをしてもだいじょうぶな日がくるまで、そこに隠《かく》しておいてあげる」

エレンがうなずきました。

「あれ、わたしがまだとても小さかったとき、お父さんにもらったものなの」

エレンは古いベッドのへりに腰をおろして、ベッドにかけてある、手作りのキルトのもように沿って、指でなぞっていきました。花も小鳥も、今では色あせてしまいましたが、はるか昔に、アネマリーのひいおばあさんがアップリケして、キルトに仕上げたものでした。

「お父さんとお母さん、どこにいるのかな」

エレンが小さな声で言って、アップリケした小鳥の一羽《いちわ》を、指でなぞりました。

エレンにそう言われても、アネマリーには答えられませんでした。エレンの手を取って、黙《だま》って隣《となり》に座っていました。窓の外では、薄く輪切りにしたような月が雲からでて、まだ明るさの残っている空に浮かんでいました。北欧《ほくおう》では、夜になっても、いまの時季《じき》はまだあまり暗くなりません。でも、じきにやってくる冬になると、夜は暗いだけでなく、とても長くなり、夕方にならないうちに暗くなって、次の朝まで暗いままです。

階下《かいか》の部屋から、しばらく会っていなかったお母さんとヘンリックおじさんが、夢中になって話しているのが聞こえてきました。お母さんはヘンリックおじさんにしばらく会わないでいると、会いたくてたまらなくなるのです。お母さんとヘンリックおじさんは、とても仲がいいのです。お母さんはいつも結婚しないのを種に、おじさんをからかいます。顔を合わせると必ず、家をきれいにしておいてくれるいい奥さんが見つかったかしらと、笑いながら聞くのです。

おじさんのほうも負けていないで、お母さんがまたギレライエに戻ってきてくれれば、家事をしないですむよと言い返します。

アネマリーはふたりの声を聞いているうちに、一瞬、昔に戻ったような気がしました。楽しかったあのころ、夏にここを訪れると、寝る時間になっても、外はまだ明るくて、それでも子どもたちはベッドに追いやられるのに、おとなたちは階下《かいか》でおしゃべりを続けていたものでした。

それでも、違うところもありました。あのころは、必ず笑い声もいっしょに聞こえてきました。今夜は笑い声なんか、まったくしませんでした。

8　亡《な》くなった人がいる

まだ夜が明けたばかりのころ、ヘンリックおじさんが起きだして外にでていき、牛の乳《ちち》をしぼるバケツをさげて納屋《なや》に向かって歩いていくのを、アネマリーは夢うつつで聞いていました。もっとあとになって、アネマリーがもう一度目を覚ましたときは、もう朝でした。外で小鳥たちが呼んでいるのが聞こえました。一羽《いちわ》は、窓のすぐそばのりんごの木で鳴いていました。階下《かいか》から、お母さんの声がしていました。台所で、キアステンと話しているのです。

エレンはまだ眠っていました。おとといの夜は、コペンハーゲンのアパートにドイツ兵がやってきて、あまり眠れませんでしたが、それが遠い昔のことのように思えました。アネマリーはエレンを起こさないように、そっとベッドからでました。服を着て、カーブしているせまい階段をおりていくと、キアステンが台所の床《ゆか》にしゃがみこんで、灰色の子ねこにお皿から水を飲

ませようとしていました。

「いやあね。子ねこが好きなのは、ミルクよ。水じゃないわ」アネマリーが言いました。

「この子に、新しいことを覚えさせようとしてるんだもん。それに、名前もつけてやったよ。トールっていうんだよ、雷《かみなり》の神さまの」

キアステンがえらそうな顔で言いました。

アネマリーはふきだしました。小さなねこは、キアステンに何度も何度も顔を水に押しつけられて、ひげがぬれてしまったのをいやがって、首を振っていました。

「雷《かみなり》の神さま？　雷《かみなり》が鳴ったら、あわててどこかへ逃げこんじゃいそうな顔しているじゃない！」

「どこかにお母さんがいて、きっとなぐさめてくれるのよ。ミルクが欲しくなったら、お母さんを見つけるでしょう」お母さんが言いました。

「牛さんのところに行くかもしれないよ」キアステンが言いました。

ヘンリックおじさんは、おじいちゃんがやっていた農場をもうやっていませんが、牛のブロッサムだけはまだ飼っています。ブロッサムは放牧地《ほうぼくち》の草をうれしそうにもぐもぐやっては、お返しに、毎日少しですが、お乳《ちち》をだしてくれます。コペンハーゲンにいる妹の家族に、チーズを送ってくれることもあります。今朝は、お母さんがオートミールを作ってくれたうえに、テーブルには生クリームがのっているのがわかって、アネマリーは目を輝かせました。生クリームなんて、本当に久しぶりです。家では毎朝、パンと紅茶《こうちゃ》だけです。

お母さんは、アネマリーの視線をたどりました。

「ブロッサムからしぼりたての生クリームよ。ヘンリックおじさんは、毎朝漁《りょう》にでかけるまえに、お乳《ちち》をしぼっていくの。それに」お母さんがつけ加えました。「バターもあるのよ。ふだんはヘンリックおじさんでも、バターは食べられないのだけど、今度のために、なんとか無理して、少しだけとっておいてくれたの」

「とっておくのに、どうして無理するの？」

アネマリーは花もようのお皿に、スプーンでオートミールを取りわけました。

「まさかドイツ兵がバターまで……なんて言ったかしら……配置がえ、、、してしまうわけじゃないでしょ？」

アネマリーは自分で冗談《じょうだん》を言っておきながら、自分で笑いました。

お母さんも悲しそうに笑いましたが、でも、冗談《じょうだん》どころではありませんでした。

「じつは、そうなの。農家で作ったバターを、みんな配置がえしてしまうの、兵隊たちの胃《い》袋《ぶくろ》のなかに！　ヘンリックおじさんがこれっぽちのバターでもとっておいたのがわかったら、きっとドイツ兵が銃《じゅう》をかかえてやってきて、バターを引ったてていってしまうわ！」

お母さんとアネマリーが、バターのかたまりがドイツ兵に逮捕《たいほ》されて震《ふる》えあがっているようすを想像して笑ったので、キアステンもいっしょになって笑いました。子ねこは、キアステンが目をはなしたすきにぱっと逃げだして、窓にとびのりました。

朝日のさんさんと降りそそぐ台所に座って、目の前に生クリームが並び、ドアのそばのりんごの木で小鳥がさえずっているのを聞いていると、そしてカテガト海峡《かいきょう》では、ヘンリックおじさんが青く輝く空と海に囲まれて、銀色にきらめく魚でいっぱいの網《あみ》を引いているのだと思ったら、急に、おそろしい銃《じゅう》もこわい顔をしたドイツ兵も、ただの幽霊話《ゆうれいばなし》と変わらないような気がしてきました。暗いところで子どもたちをこわがらせるためにする、作り話と同じような気がしてきました。

エレンが台所の入り口に現れて、眠そうな顔でにっこりしました。お母さんが、また花もようのお皿に湯気《ゆげ》のたっているオートミールをよそって、古い木のテーブルの上に置きました。

「生クリーム、よ、よ、よ！」

アネマリーは生クリームのほうをさして、にやっと笑いました。


アネマリーとエレンは、一日じゅう、日の光の輝くすんだ空の下にでて、遊びまわりました。アネマリーは、納屋《なや》の先にある小さな放牧地《ほうぼくち》にエレンを連れていって、ブロッサムに紹介《しょうかい》しました。エレンがびくびくしながら手を差しだすと、ブロッサムはざらざらした舌でのんびり、てのひらをなめました。子ねこは放牧地《ほうぼくち》じゅうをはねまわって、とんでいる虫を追いかけました。アネマリーたちは、秋の初めの冷たい空気でからからに茶色くなった花を、かかえきれないほど集めて、花びんや水さしにいけたので、テーブルの上は花でうまりました。

家のなかではお母さんが、ヘンリックおじさんがきれいにしていないのをなげきながら、ごしごしこすったり、ほこりを払ったりしていました。じゅうたんを物干《ものほ》しの綱《つな》にかけて、棒《ぼう》でたたくと、空中にほこりが舞いあがりました。

「奥さんをもらわなくちゃだめね」

お母さんは首を振りながら言ったあとで、じゅうたんを外で日にあてているあいだに、ほうきを手に古い木の床《ゆか》に猛然《もうぜん》とおそいかかって、せっせとはきだしました。

お母さんは、古めかしい家具が置いてある、ほとんど使っていない居間《いま》のドアを開けました。

「どうでしょう！　ほこりを払ったことなんか、一度もないんだわ」

お母さんは雑巾《ぞうきん》を取りあげました。

「それにね、キアステン、雷《かみなり》の神さまが台所のすみに、ちょっぴりだけど雨を降らせたわよ。目を離《はな》さないようにしていらっしゃい」

午後遅くなって、ヘンリックおじさんが帰ってきました。おじさんは掃除をしてぴかぴかになった家のなかを見て、にやにやしました。居間《いま》の両びらきのドアは、両方とも大きく開いていましたし、じゅうたんは日にあててありましたし、窓も洗ってありました。

「ヘンリック、奥さんをもらわなくちゃだめね」

お母さんが、ヘンリックおじさんに小言《こごと》を言いました。

ヘンリックおじさんは笑って、台所から外へでる階段に座っているお母さんの隣《となり》に、腰をおろしました。

「妹がいるのに、どうしてかみさんをもらわなくちゃならないんだい？」

ヘンリックおじさんが、われがねのような大きな声で言いました。

お母さんはため息をつきましたが、目はうれしそうに、きらきら輝いていました。

「それに、もっと家にいる時間を作って、手をかけてやらなくちゃ。この階段はこわれているし、台所の蛇口《じゃぐち》はもるし。それに……」

ヘンリックおじさんはお母さんに向かってにやっと笑ってみせてから、しょげかえっているふりをして、首を振りました。

「それに、屋根裏にはねずみがいるし、おれの茶色のセーターのそでは、虫に食われて大きな穴があいているし、今すぐ窓を洗わないと……」

ヘンリックおじさんとお母さんは、声をそろえて笑いました。

「とにかく、窓をひとつ残らず開けて、空気とお日さまの光を入れておきましたからね、ヘンリック。こんなすばらしいお天気で助かったわ」お母さんが言いました。

「明日の天気も、漁《りょう》にむいているだろう」

ヘンリックおじさんが、急にまじめな顔になって言いました。

ふたりの話を聞いていたアネマリーは、おじさんが奇妙なことを言ったのに気がつきました。お父さんも電話で、なんだか同じようなことを言っていました。

「天気は漁《りょう》にむいているかい、ヘンリック?」

お父さんはそう聞いたのでした。でも、どういうことでしょう? ヘンリックおじさんは、晴れていようが、雨が降ろうが、毎日漁《りょう》にでているのです。デンマークの漁師《りょうし》たちは、晴れるまで待ってから船をこぎだして、網《あみ》を投げるようなまねはしません。アネマリーはりんごの木の下にエレンと座って、黙《だま》ってヘンリックおじさんを見つめていました。

お母さんがヘンリックおじさんの顔を見て聞きました。

「天気はいいのね?」

ヘンリックおじさんはうなずいてから、空を見上げて、空気のにおいをかぎました。

「夕飯がすんだら、船に戻ることにするよ。明日の朝、うんと早くでるから。今夜は、船のなかで寝る」

アネマリーは、船のなかで寝るって、どんなだろうと思いました。いかりをおろしてある船のなかで横になって、船《ふな》べりをたたく波の音に耳を傾けるのでしょう。頭上《ずじょう》には、海の上で輝いている星が見えるでしょう。

「居間《いま》の準備はすんだかい？」

だしぬけに、ヘンリックおじさんが聞きました。

お母さんがうなずきました。

「掃除はすませたし、家具を動かして、場所も作っておいたわ」

お母さんはそのあとで言いそえました。

「それに、お花を見たでしょ。わたしは考えてもいなかったんだけれど、アネマリーとエレンが放牧地《ほうぼくち》から、ドライフラワーになった花をつんできてくれたの」

「居間《いま》の準備をするって、なんのために？ どうして家具を動かしたの？」アネマリーが聞きました。

お母さんが、ヘンリックおじさんの顔を見ました。ヘンリックおじさんはさっきまではねまわっていた子ねこを胸に抱いて、やさしく喉《のど》の下をかいてやっていました。

「じつは、悲しいことがあったんだよ。もっとも、悲しくてたまらないというほどではないがね。とても年をとっていたから。亡《な》くなった人がいるんだ。今夜、その亡《な》くなったビアテ大おばさんが、ここの居間《いま》で夜を過ごすんだよ。お棺《かん》におさめられていて、明日埋葬《まいそう》される。昔からのならわしで、亡《な》くなった人が埋葬《まいそう》されるまえの一夜《いちや》を、親しかった愛する人たちに囲まれて家で過ごすのを、おまえも知ってるだろう」

キアステンは感心しきった顔をしていました。

「このうちに？　死んだ人を、ここに連れてくるの？」

アネマリーは何も言いませんでした。わけがわからなかったのです。親戚《しんせき》で誰か死んだなんて、今初めて聞きました。コペンハーゲンには、そんなことを知らせる電話はありませんでした。悲しそうな顔をしている人も、誰もいませんでした。

それに——なによりわけがわからないのは——そんな名前は、今まで一度も聞いたことがないということです。ビアテ大おばさんなんて。親戚《しんせき》にそういう名前の人がいれば、ぜったい耳にはいっていたはずです。キアステンは知らないかもしれません。まだ小さいので、そんなことは気にしていません。

でも、アネマリーは違いました。お母さんが子どものころの話をしてくれるのを、いつも夢中になって聞いているのです。いとこたちなら、誰の名前だってみんな知っていますし、大おばさんや大おじさんの名前だって知っています。誰がいじめっこで、誰が気むずかしいかも知っています。がみがみやのおばさんがいて、とうとうおじさんは逃げだして、別の家に移ってしまいましたが、それでも毎晩夕飯はいっしょに食べていたという話も知っています。ひとりひとり人柄《ひとがら》が違うお母さんの身内が、次々ににぎやかに登場して、わくわくする、おもしろい話ばかりでした。

アネマリーは口にはだしませんでしたが、ぜったいに、ぜったいに、そうに違いないと思いました。ビアテ大おばさんなんていません。そんな人は、もともとこの世にいないのです。

9　どうしてうそをついたの？

夕飯のあと、アネマリーはひとりで外にでました。台所の窓が開いていて、お母さんとエレンがお皿を洗いながらおしゃべりしているのが聞こえてきました。キアステンは床《ゆか》に座りこんで、夢中で人形たちと遊んでいます。その古い人形たちは、ずっと昔、お母さんが使っていたもので、二階にあったのを見つけたのです。子ねこの雷《かみなり》の神さまは、キアステンが服を着せようとしたら逃げだして、どこかへ行ってしまいました。

アネマリーは納屋《なや》に向かいました。納屋《なや》では、ヘンリックおじさんが、ブロッサムの乳《ちち》をしぼっていました。おじさんはブロッサムのすぐわきの、藁《わら》をしきつめた床《ゆか》にひざまずいて、肩をブロッサムの堂々としたわき腹《ばら》にあて、日に焼けたがっしりした手をリズミカルに動かして、きれいなバケツに乳《ちち》をしぼりだしていました。それを雷《かみなり》の神さまがすぐそばにぬけめなく座り

こんで、眺めていました。

ブロッサムが大きな茶色い目でアネマリーを見上げて、しわくちゃの口をもごもご動かしたので、まるでおばあさんが口のなかで、入れ歯をなおしているようでした。

アネマリーは古くてひびのはいった、納屋《なや》の木の壁《かべ》によりかかり、勢いよくとびだす乳《ちち》がバケツにあたって鋭い音をたてるのを聞いていました。ヘンリックおじさんはアネマリーをちらっと見て、にっこりしましたが、乳《ちち》をしぼる手は止めませんでした。おじさんは何も言いませんでした。

納屋《なや》の窓からピンク色の夕日がさしこんできて、つみあげてある干し草に、いびつな形のものようを、明るく描きだしていました。光のなかに、ほこりや藁《わら》が、細かい塵《ちり》になって浮いていました。

「ヘンリックおじさん」アネマリーは突然、冷たい声で言いました。「わたしにうそをついたでしょ。おじさんとお母さん、ふたりそろって」

ヘンリックおじさんのがっしりした手が動きを止めずに、みごとな手さばきでブロッサムの乳房《ちぶさ》を押しつづけているので、まるで脈《みゃく》うっているようでした。乳《ちち》は変わらない勢いで流れだしていました。おじさんは深みのある青い目で、やさしく問いかけるように、もう一度アネマリーを見ました。

「怒っているんだな」

「そうよ。お母さんは今まで一度も、わたしにうそをついたことがなかったわ。一度もよ。だけど、わたし、ビアテ大おばさんなんていう人がいないの、知っているもの。今まで聞いたお話のなかにも、見せてもらった古い写真のなかにも、ビアテ大おばさんなんていう人、ぜったいにいなかった」

ヘンリックおじさんがため息をつきました。ブロッサムがおじさんのほうをふり向きました。まるで、「もうそろそろおしまいですね」と言っているようでした。確かに乳《ちち》のでる量が少なくなって、勢いも弱くなっていました。

ヘンリックおじさんはブロッサムの乳房《ちぶさ》をやさしく、それでも力をこめて引っぱって、最後に残っていた乳《ちち》をしぼりだしました。バケツの半分までがいっぱいになって、表面に泡《あわ》がたっていました。おじさんはやっとバケツをわきに置いて、ぬらしたきれいな布で、ブロッサムの乳房《ちぶさ》をふきました。つぎにバケツを棚《たな》にのせて、ふたをしました。それから、ブロッサムの首をやさしくなでてやりました。そのあとでやっと手をふきながら、アネマリーのほうを向きました。

「おまえには勇気があるかね、小さなアネマリー？」

だしぬけに、ヘンリックおじさんが聞きました。

アネマリーはびっくりしました。それに、うろたえました。聞かれたくないことだったのです。同じ質問を自分で自分にしてみて、返ってきた答えにがっかりしました。

「ううん、あんまり」

アネマリーは納屋《なや》の床《ゆか》に目を落として、正直に答えました。

背の高いヘンリックおじさんが、アネマリーの前にひざまずいたので、アネマリーとおじさんの顔が向い合いました。おじさんのうしろで、ブロッサムが頭をさげ、干し草をいっぱいくわえて、舌で口のなかに引っぱりこみました。子ねこは頭をあげて、もっと乳《ちち》がこぼれるのを待っていました。

「そんなことはないと思うな」ヘンリックおじさんが言いました。「おまえはお母さんと似ている。お父さんとも、おじさんともな。こわいと思うことはあっても、やるとなったらやりとげる。勇気をださなくてはならないときがきたら、まちがいなく、だせるかぎりの勇気をだす」

おじさんはそう言ったあとで、つけ加えました。

「だが、勇気というものは、全部のことを知らないでいるほうが、ずっとらくにだせるものなんだ。だから、お母さんは全部のことは知らない。おじさんだって知らない。おじさんたちはみんな、知っていなくちゃならないことだけを知っている。おじさんが言っていることが、わかったかい？」

ヘンリックおじさんは、アネマリーの目をのぞきこみました。

アネマリーはむずかしい顔をしました。わかったかどうか、自信がなかったのです。勇気があるというのは、どういうことなのでしょう？　アネマリーは、あの日——ついこのあいだのことなのに、なんだかずっとずっと昔のことのような気がしました——街角《まちかど》でドイツ兵に止まれと言われて、こわい声で質問されたとき、こわくて震《ふる》えあがりました。

あのとき、アネマリーは、いろんなことを知っていたわけではありませんでした。ドイツ兵がユダヤ人を連れていこうとしていることなんか知りませんでした。だから、あの日、ドイツ兵がエレンを見て、「おまえの友だちは、なんという名前だ？」と聞いたとき、死にそうにこわかったのに、ちゃんと答えられたのです。ほかのことをみんな知っていたら、そんな勇気はでなかったかもしれません。

アネマリーは、わかったような気がしてきました。ちょっとだけですが。

「うん、わかったと思う」

アネマリーはヘンリックおじさんに向かって答えました。

「おまえの考えたとおりだ」ヘンリックおじさんが言いました。「ビアテ大おばさんなんていう人は、初めっからいやしない。お母さんはおまえにうそをついた。おじさんもだ。そのほうが、おまえが勇気をだせると思って、そうしたんだ。お母さんもおじさんも、おまえが大好きだからだ。そういうわけだ、おじさんたちを許してくれるかね?」

アネマリーはうなずきました。なんだか急に、おとなになったような気がしました。

「それに、今のところは、これ以上はもう何も言わない。同じ理由からだ。わかるね?」

アネマリーはもう一度うなずきました。ふいに、外で物音がしました。ヘンリックおじさんの肩がこわばりました。すばやく立ちあがって、窓に近寄り、ものかげにひそんで、外をうかがいました。けれどすぐに、アネマリーのところに戻ってきました。

SW

「遺体《いたい》を運んできた。もともとこの世にいない、ビアテ大おばさんの」ヘンリックおじさんは苦笑いしました。「ということは、アネマリー、通夜《つや》が始まるときがきたんだ。覚悟はいいね?」

アネマリーがヘンリックおじさんの手を握《にぎ》ると、おじさんがアネマリーの手を取って、納屋《なや》から外にでました。


つやつやした木の棺《ひつぎ》が支柱《しちゅう》の上にのって、居間《いま》の真ん中に置かれ、そのまわりを、その日の午後アネマリーとエレンが集めた、もろい、紙のような花がとりまいていました。火を灯《とも》したろうそくがテーブルに並んで、ちらちら揺《ゆ》れるやわらかな光を投げかけていました。棺《ひつぎ》を運んできた車は帰ってしまいました。棺《ひつぎ》を家のなかに運び入れた、まじめくさった顔の男たちも、ヘンリックおじさんにひそひそ何か言ったあとで、いっしょに帰っていきました。

キアステンはいやいやながら、もうベッドのなかでしたが、寝に行くまえに、さんざん文句を並べたてました。ほかのみんなといっしょに起きていたい、もう大きいんだ、死んだ人が箱にはいっているのを見たことがないのに、こんなのずるい。でも、お母さんが、がんとしてゆずらなかったので、キアステンもしまいにはふくれっ面《つら》で、人形たちと子ねこを両わきにかかえて、とぼとぼ二階へあがっていきました。

エレンは口もきかずに、悲しそうな顔をしていました。

「ビアテ大おばさんが亡《な》くなられたこと、おくやみ申します」

エレンがお母さんにそう言っているのが、アネマリーに聞こえました。お母さんは悲しそうに微笑《ほほえ》んで、エレンにおくやみのお礼を言いました。

アネマリーはそれを聞いていたのに、何も言いませんでした。さあ、これでわたしも、うそをついている仲間にはいったんだわ。それも、いちばんの親友にうそをついたのよ。アネマリーは思いました。エレンに、本当は違うの、ビアテ大おばさんなんていう人はもともといないの、と言うこともできたのに。エレンをすみに引っぱっていって、秘密を教えてあげれば、エレンは悲しまないですむのに。

けれど、アネマリーはそうしませんでした。それがエレンを守ることにつながるのが、わかっていたからです。同じようにして、お母さんはアネマリーを守ってくれたのです。これから何が始まるのかも、どうして棺《ひつぎ》がそこにあるのかもわかりませんでした。それどころか、なかにはいっているのが誰だかもわかりませんでしたが、エレンにはビアテ大おばさんだと思わせておいたほうがいいし、そのほうが安全なのです。

空が暗くなってきたころ、ほかの人たちも集まってきました。黒い服を着た男の人と、やはり黒い服を着て、眠っている赤んぼうを抱いた女の人が玄関《げんかん》に姿を見せると、ヘンリックおじさんが身ぶりではいるように言いました。ふたりは、お母さんとアネマリーとエレンに、うなずいてあいさつしました。そして、ヘンリックおじさんのあとについて居間《いま》にはいり、黙《だま》って座りました。

「ビアテ大おばさんのお友だちよ」

アネマリーの誰なのという表情に応えて、お母さんが穏《おだ》やかに答えました。お母さんがまたうそをついたのを、アネマリーは知っていましたし、お母さんのほうもアネマリーが知っているのに気がついているのが、アネマリーにはわかりました。ふたりはしばらくじっと見つめ合っていましたが、口にだしては何も言いませんでした。見つめ合っているその一瞬に、ふたりは対等の仲間になりました。

居間《いま》から、眠たい赤んぼうがむずかる声が聞こえてきました。アネマリーがドアからちらっとのぞいてみると、女の人がブラウスの胸を開けてお乳《ちち》をやったので、赤んぼうは静かになりました。

　またひとり、男の人がやってきました。ひげをはやしたおじいさんでした。おじいさんは黙《だま》って居間《いま》にはいり、ほかのふたりには何も言わずに座りました。ふたりのほうも、おじいさんをちらっと見ただけでした。若い女の人は赤んぼうの毛布を引っぱりあげて、赤んぼうの顔と自分の胸をおおいました。おじいさんはお祈りをあげているように、頭をたれて、目を閉じました。おじいさんの唇《くちびる》が音もなく動いて、誰にも聞こえない言葉をつぶやきました。

　アネマリーは居間《いま》の入り口に立って、通夜《つや》にやってきた人たちが、ろうそくの灯《とも》っている部屋に座っているのを眺めていました。そのあと台所に引きさがって、エレンとお母さんが食事の用意をするのを手伝いました。

　コペンハーゲンでリーセが死んだときは、毎晩のように友だちがきてくれました。そして、お母さんが料理をしないですむように、みんなが食べるものを持ってきてくれました。

　今日きた人たちは、どうして食べるものを持ってきてくれないのでしょう？　どうしてなんにもしゃべらないのでしょう？　コペンハーゲンでは、話をするのは悲しいけれど、それでも互いに声をひそめて話し合ったり、お父さんとお母さんに話しかけたりしました。リーセが元気だった楽しかったころを思いだして、リーセのことを話したのです。

アネマリーはそんなことを考えながら、台所でチーズを切っているうちに、ここにいる人たちには、話すことがなんにもないのだということに気がつきました。ビアテ大おばさんが元気だった、楽しかったころのことを話すわけにいきません。ビアテ大おばさん本人が、この世にいない人なのですから。

ヘンリックおじさんが台所にはいってきました。おじさんは腕《うで》の時計にちらっと目をやって、お母さんに言いました。

「もう遅い。そろそろ船に戻る」

ヘンリックおじさんは心配そうな表情を見せました。おじさんはろうそくを吹き消して、部屋のなかを真っ暗くしてから、ドアを開けました。おじさんはこぶだらけのりんごの木の先の暗闇《くらやみ》に、目をこらしました。

「よし。やってきた」

ヘンリックおじさんは、ほっとしたような低い声で言いました。

「エレン、いっしょにおいで」

エレンがなぜというように、お母さんのほうを見ました。お母さんがうなずいて言いました。

「ヘンリックおじさんといっしょにいらっしゃい」

アネマリーは三角形の堅いチーズを手に持ったまま、エレンがヘンリックおじさんについて、庭にでていくのを見ていました。エレンが低い叫《さけ》び声《ごえ》をあげ、そのあと静かに話す声がしました。すぐにヘンリックおじさんが戻ってきました。おじさんのうしろに、ピーター＝ニールセンが立っていました。

今夜は、ピーターは真っ先にお母さんのところに行って、抱きしめました。そのあとでアネマリーを抱いて、ほおにキスしてくれました。でも、なんにも言いませんでした。今夜のピーターはやさしくしてはくれましたが、ふざけたところがぜんぜんなく、ひどく緊張《きんちょう》して、心配そうでした。ピーターはすぐに居間《いま》に行き、部屋のなかをぐるりと見まわして、黙《だま》っている人たちにうなずきました。

エレンはまだ外にいました。けれど、すぐにドアが開いて、戻ってきました——エレンは小さな女の子のように、自分のお父さんの胸にしっかりしがみついて、はだしの足をぶらぶらさせていました。ふたりのそばに、お母さんも立っていました。

10　棺《ひつぎ》を開けよう

「みんなそろったから、おれはでかけることにする」

ヘンリックおじさんが、居間《いま》を見渡して言いました。

アネマリーは廊下《ろうか》に立って、ひろい入り口から居間《いま》のなかをのぞきこみました。赤んぼうは眠ってしまいましたが、赤んぼうのお母さんは疲れた顔をしていました。ご主人が隣《となり》に座って、奥さんの肩を抱いていました。おじいさんはまだ頭をたれていました。

ピーターはひとり離《はな》れたところに座り、前かがみになって、膝《ひざ》に肘《ひじ》をのせてほおづえをついていました。何かを必死に考えているのが、はっきりわかりました。

ソファには、エレンが両親にはさまれて座っていました。お母さんがエレンの片方の手を、しっかり握《にぎ》りしめていました。エレンは顔をあげてアネマリーを見ました。でも、にこりともしませんでした。アネマリーは悲しさが胸にこみあげてきました。ふたりの友情のきずなが切れてしまったわけではありませんが、なんだかエレンだけ、別の世界に行ってしまったような気がしました。エレンと家族だけの、行く手に何が待っているかわからない世界に。

ひげをはやしたおじいさんがふいに顔をあげて、でかけようとしているヘンリックおじさんに、穏《おだ》やかだけれど、きっぱりとした口調《くちょう》で言いました。

「あなたを、神さまがお守りくださるように」

ヘンリックおじさんがうなずきました。

「おれたちみんなを、神さまがお守りくださるように」

ヘンリックおじさんはくるりと背を向けて、部屋からでていきました。そのあとすぐ、おじさんが外へでていく音が聞こえました。

お母さんが、ティーポットとカップをのせたお盆を台所から持ってきました。アネマリーは、お母さんがみんなにカップを配るのを手伝いました。誰ひとり、口をききませんでした。

「アネマリー、眠たかったら、寝てもいいのよ。もうとても遅いわ」

廊下《ろうか》にでたアネマリーに、お母さんがそっとささやきました。

アネマリーは首を振りました。でも、本当はくたびれているのがわかりました。頭をお母さんの肩にのせて、まぶたがくっついたり離《はな》れたりしています。エレンも疲れきっている

そのうち、アネマリーも居間《いま》のすみにある、誰も座っていないロッキングチェアに座りこんで丸くなり、やわらかなクッションつきの背に、頭をもたせかけました。そしてそのまま、うとうとしはじめました。

突然、ヘッドライトが薄いカーテンを通して、部屋をなめまわしたので、半分夢のなかにいたアネマリーは、はっと目が覚めました。家の外に、車が一台止まったのです。車のドアが、音をたてて閉まりました。部屋のなかにいた人たちはたちまち緊張《きんちょう》しましたが、誰ひとりとして、口をききませんでした。

ドアをたたく音がして、そのあとすぐに、重い長靴《ちょうか》がカッカッと、聞いたことのあるおそろしい音をあげて、台所を歩きまわっているのが聞こえてきました。まるでこわい夢をくり返し見ているようでした。赤んぼうを抱いた女の人が息を飲んで、急にしくしく泣きだしました。

訛《なま》りのある男の大きな声が、台所からはっきり聞こえてきました。

「今夜、この家に、不審な数の人間が集まっているのを、当方《とうほう》で察知《さっち》した。どういうわけか、

説明を聞こう」

「亡《な》くなった者があるのです」お母さんが落ち着きはらって答えました。「身内の者が亡《な》くなったときには、みんなが集まって故人《こじん》をしのぶのが、この国のならわしです。そのことは、あなたがたもご存知でしょう」

ドイツ兵のひとりがお母さんを先に引ったてて、台所から居間《いま》にはいってきました。ドイツ兵のうしろから、ほかの兵隊たちもついてきました。兵隊たちは居間《いま》のひろい入り口に、ずらりと並んで立ちました。いつものように、兵隊たちの長靴《ちょうか》が、ぴかぴか光っていました。兵隊たちの銃《じゅう》も。鉄かぶとも。身につけたものが全部、ろうそくの光に照らされて光っていました。

ドイツ兵の視線が部屋のなかを動いていくのを、アネマリーは見ていました。視線は、長いあいだ棺《ひつぎ》を見つめていました。それから視線をうつして、ひとりひとりを、じろじろ観察していきました。ドイツ兵の目が、アネマリーに向けられました。アネマリーは、ひるまずに見返しました。

「誰が死んだんだ?」

ドイツ兵が耳ざわりな声で聞きました。

誰も答えませんでした。みんなが黙《だま》ってアネマリーのほうを見ているので、アネマリーはドイツ兵の質問が自分に向けられていたのに気がつきました。

今になってようやく、アネマリーにも、ヘンリックおじさんが納屋《なや》で言ったことの意味が、はっきりとわかりました。何も知らないでいれば、ずっとらくに勇気をだせるのです。

アネマリーは、ごくんとつばを飲みこみました。

「ビアテ大おばさんです」

アネマリーはしっかりした声で、うそをつきました。

突然、ドイツ兵が部屋の奥に置いてある棺《ひつぎ》につかつかと歩み寄って、手袋をはめた手を片方《かたほう》、棺《ひつぎ》のふたの上に置きました。

「ビアテ大おばさんか、気の毒にな」

ドイツ兵はわざとらしい声で言うと、まだ部屋の入り口に立っているお母さんのほうに向きなおりました。

「おまえたちのならわしは、確かに知っている。顔を見ながら故人《こじん》をしのぶのがならわしだということも知っている。それにしては、この棺桶《かんおけ》のふたがこんなにしっかり閉じられているのは、おかしいではないか」

ドイツ兵は握《にぎ》りこぶしで、磨ききあげてある棺《ひつぎ》のふたのへりをこすりました。

「どうして開けてないのだ？　すぐこの場で開けて、ビアテ大おばさんに最後の別れを告げたらどうだ！」

ドイツ兵が要求しました。

アネマリーが見ていると、部屋の奥に座っているピーターが身をかたくして、あごをあげ、片方《かたほう》の手をそろそろと、脇腹《わきばら》にのばしていきました。

お母さんがつかつかと部屋を横ぎって棺《ひつぎ》に近づき、ドイツ兵の前に立ちました。

「おっしゃるとおりです。医者に閉じておくように言われたのですが。おばが発疹《はっしん》チフスで亡《な》くなったものですから。菌《きん》がまだ残っている可能性があるので、危険かもしれないと言うんです。ですが、あんな医者の言うことなんか、あてになりません——田舎《いなか》の医者ですし、年よりです。発疹《はっしん》チフスの菌《きん》が、死んだ人の体に残っているなどというばかなことが、あるもんですか！　そうですよね、大好きなビアテおばさん。わたしだっておばさんのお顔をおがんで、お別れのキスをしたいと、ずっと思っていたんです。ええ、喜んで、お棺《かん》のふたを開けましょう！

そちらからおっしゃっていただいたおかげで……」

ドイツ兵がいきなり、お母さんの顔に平手打《ひらてう》ちをくわせました。お母さんはよろよろと、うしろによろけました。平手打《ひらてう》ちをくって白くなったあとが、みるみる赤黒くなっていきました。

「ばかなことをするな！」ドイツ兵がはきだすように言いました。「どうしてわれわれが、おまえの病気で死んだおばさんを見なくてはならないんだ！ ふたを開けるのは、われわれが帰ったあとにしろ」

ドイツ兵は手袋をした親指で、一本のろうそくの炎をおさえて消しました。とけた熱いろうが、テーブルの上にとびちりました。

「ろうそくを全部消すか、カーテンを引くかしろ」

ドイツ兵は命令しおえると、大股《おおまた》で入り口に向かい、部屋をでていきました。お母さんは身じろぎひとつせず、声もたてずに、ほおに手をあてたまま、耳をすましていました。部屋にいる人たちみんなが、耳をすましていました。軍服姿《ぐんぷくすがた》の兵隊たちが家からでていく物音がしました。そのあとすぐ、車のドアが閉まり、エンジンをかける音がして、やっとのことで車が走りさるのが聞こえました。

「お母さん！」アネマリーが叫《さけ》びました。

お母さんはすかさず首を横に振って、薄いカーテンしかかかっていない、開いたままの窓に、ちらっと目を走らせました。アネマリーにもわかりました。まだ外に兵隊がいて、目を光らせて、聞き耳をたてているかもしれないのです。

ピーターが立ちあがって、全部の窓に黒いカーテンを引きました。ドイツ兵が消したろうそくにも、あらためて火をつけました。それから暖炉《だんろ》の棚《たな》の上にいつも置いてある聖書を手に取りました。ピーターは急いで聖書を開きました。

「詩篇《しへん》の一節《いっせつ》を読みます」

ピーターは開いてでてきたページを目で追って、力強い声で読みはじめました。


主《しゅ》をほめたたえよ。

われわれの神をほめうたうことはよいことである。

主《しゅ》は恵《めぐ》みふかい。

賛美《さんび》はふさわしいことである。

主《しゅ》はエルサレムを築《きず》き、
イスラエルの追いやられた者をあつめられる。
主《しゅ》は心の打ちくだかれた者をいやし、
その傷をつつまれる。
主はもろもろの星の数を定《さだ》め……

（旧約聖書《きゅうやくせいしょ》　詩篇第《しへんだい》一四七篇《へん》より）

お母さんは座って聞いていました。しだいしだいに、みんなの緊張《きんちょう》がとけていきました。アネマリーの向かいに座っているおじいさんは、ピーターが読みあげる声に合わせて唇《くちびる》を動かしていました。おじいさんは古くから伝わっている詩篇《しへん》を、そらで言えるのです。

アネマリーには言えませんでした。聞いたことのない言葉でした。アネマリーは必死に努力しました。よく聞こう、理解しよう、戦争やナチスのことなど忘れよう、涙をこらえよう、勇気をだそう！　夜風が、開いている窓にかかっている黒いカーテンをそよがせていました。外にでれば、数えきれないほどの星が夜空でまたたいているのです。詩篇《しへん》は、「星の数を定《さだ》める」と言っていますが、星の数を定《さだ》めることなど、どうしてできるのでしょう？　たくさんありますぎます。空は大きすぎます。

エレンは、お母さんが海をこわがっていると言いました。あんまり冷たくて、あんまり大きいから。

空もあまりにも大きすぎると、アネマリーは思いました。世界もそうです。あまりにも冷たくて、あまりにも大きすぎます。それに、あまりにも残酷《ざんこく》すぎます。

ピーターは読みつづけていました。ピーターが疲れているのは見てわかりましたが、声はしっかりしていました。長く思えた何分かが過ぎました。何時間も経ったように思えました。

やがて、ピーターはまだ読みつづけながら、そろそろと窓に近寄っていきました。聖書を閉じて耳をすまし、あたりが静かなのを確かめました。そのあとで、部屋《へや》を見まわして言いました。

「さあ、いよいよです」

ピーターはまず、全部の窓を閉めました。それから棺《ひつぎ》の前に立って、ふたを開けました。

11　すぐまた会えるでしょ？

アネマリーはびっくりして、目を見張りました。暗い部屋の向こうで、エレンも細い木の箱をのぞきこんで、びっくりした顔をしていました。

棺《ひつぎ》のなかには、誰もはいっていませんでした。どうやら人ではなく、たたんだ毛布や衣類が、ぎっしりつめこまれているようでした。

ピーターはなかのものを取りだして、黙《だま》ったまま、部屋にいる人たちに配りはじめました。厚いコートを、男の人とその奥さんに渡し、もう一枚を、ひげのおじいさんに渡しました。

「とても寒いと思います。着ていってください」

ピーターが小さな声で言いました。

ピーターは厚いセーターをエレンのお母さんに、毛の上着をお父さんに差しだしました。そ

れからしばらくたたんだものをかきまわしていました。やがて少し小さい冬の上着を見つけだして、エレンに渡しました。

アネマリーは、エレンが手に取った上着を眺めているのを見ていました。つぎのあたっている着古《きふる》した上着でした。確かにここ何年かは、新しい衣類が手にはいることは、めったにありませんでした。それでも、エレンのお母さんはいつもなんとかして、娘に服を作ってやってきました。たいていは古い服をほどいて、新品のように仕立《した》てなおすのです。エレンは、今手に持っているような、みすぼらしい古い服を着たことは一度もありませんでした。

それでもエレンはその服を着て、あちこち引っぱってから、色の合わないボタンをかけました。ピーターはおかしな服を腕《うで》にいっぱいかかえて、赤んぼう連れの、黙《だま》りこくっている夫婦のほうを見て言いました。

「すみません、赤ちゃんのものはなんにもありません」

「何か探してきましょう。赤ちゃんは暖かくしてあげなくてはいけませんよ」

お母さんはすかさず言って部屋をでていきましたが、すぐにキアステンの厚い赤いセーターを持って戻ってきました。

「さあ、これを」お母さんは、赤んぼうのお母さんにやさしく言いました。「大きすぎるでしょうけれど、大きいだけ、ぼうやは暖かいでしょう」

女の人が初めて口を開きました。

「ぼうやじゃないんです。女の子なんです。レイチェルといいます」

女の人は聞きとれないような声で言いました。

お母さんはにっこりすると、女の人を手伝って、眠っている赤んぼうの腕《うで》を、セーターのそでに通してやりました。それからふたりで、ハート形のボタンをとめてやりました。ハート形のボタンのついているそのセーターを、キアステンは、それはそれは気に入っているのです！小さな赤んぼうは暖かな赤い毛のセーターに、すっぽりくるまれました。赤んぼうはまぶたをひくひくさせましたが、目は覚ましませんでした。

ピーターがポケットに手をつっこんで、何か取りだしました。そして夫婦のそばに行って、赤んぼうをのぞきこみました。それから、手に持った小さな瓶《びん》のふたを取りました。

「体重はどのくらいですか？」ピーターが聞きました。

「生まれたときは、三千グラムちょっとでした。少しは増えましたが、たいして変わっていません。せいぜい三千五百グラムぐらいのものだと思います」

女の人が答えました。

「それなら、二《に》、三滴《さんてき》でじゅうぶんでしょう。なんの味もしません。赤ちゃんは気がつきもしませんよ」

女の人は赤んぼうを抱いている腕《うで》に力をこめ、ピーターを見あげて頼《たの》みました。

「お願いです、やめてください。この子はいつでも、ひと晩じゅう眠っています。お願いです、そんなもの、この子には必要ありません。わたしが保証《ほしょう》します。けっして泣きません」

ピーターは声のきびしい調子を変えませんでした。

「いちかばちかやってみる、というわけにはいかないんです」

ピーターは小さな赤んぼうの口に、スポイト状の瓶《びん》の口を差しこんで、瓶《びん》のなかの液体を二《に》、三滴《さんてき》、舌の上に落としました。赤んぼうはあくびをして、ごくんと飲みこみました。赤んぼうのお母さんは思わず目をつぶりました。その肩を、ご主人がしっかり抱きしめました。

次に、ピーターは棺《ひつぎ》から、たたんである毛布を一枚一枚だして、みんなに渡しました。

「これを持っていってください。あとになって入り用になります、寒さを防ぐために」

アネマリーのお母さんが部屋のなかをまわって、ひとりひとりに食べ物を入れた小さな包《つつ》みを配りました。チーズとパンとりんごです。アネマリーも手伝って、まえに台所で用意しておいたのです。

最後に、ピーターは上着の内ポケットから、紙に包《つつ》んだものを取りだしました。それから、部屋のなかにひとかたまりになっている、冬の服で着ぶくれた人たちを見渡して、エレンのお父さんに合図《あいず》しました。お父さんはピーターについて、廊下《ろうか》にでていきました。

ふたりが話しているのが、アネマリーにも聞こえてきました。

「ローセンさん」ピーターが言いました。「これをヘンリックに渡さなくてはならないのですが、ぼくは会えないかもしれないのです。あなたのご家族以外の人たちを、港までは案内しますが、船までは、ぼく抜きで行ってもらわなくてはならないものですから。それで、あなたにこれを届けていただきたいのです。まちがいなく頼《たの》みます。非常にだいじなものなのです」

廊《ろう》下《か》の声が一瞬途切れたので、アネマリーは、ピーターがエレンのお父さんに包《つつ》みを渡しているのだと思いました。

エレンのお父さんが部屋に戻ってきて座ったとき、ポケットから包《つつ》みがのぞいていました。

エレンのお父さんがとまどったような顔をしているのが、アネマリーにもわかりました。包《つつ》みに何がはいっているのか、エレンのお父さんも知らないのです。聞こうとしなかったのです。

今度もまた、全部を言わないことで互いに相手を守ろうとしたのだと、アネマリーは気がつきました。エレンのお父さんは知ってしまったら、おそろしくなってしまうかもしれません。知ってしまったら、危険にさらされるかもしれません。

それで聞かなかったのです。そして、ピーターのほうでも説明しなかったのです。

「それじゃ」ピーターが腕《うで》の時計を見ながら言いました。「ぼくが最初のグループを案内します。あなたと、あなたと、あなた」

ピーターは、おじいさんと、赤んぼうを連れた若い夫婦に、身ぶりでくるように伝えました。

「インゲ」

ピーターがお母さんに声をかけました。

ピーター＝ニールセンがお母さんを名前で呼んだのはそのときが初めてなのに、アネマリーは気がつきました。それまではいつも、「ヨハンセンさん」でした。もっとまえの、リーセと婚約中《こんやくちゅう》の楽しくてわくわくしていたころには、「お母さん」と呼ぶこともありました。それが今は、インゲです。なんだか、若者だったピーターが、一足とびに、おとなの世界にはいってしまったようでした。

お母さんはうなずいて、ピーターの指図《さしず》を待ちました。

「二十分待ってから、ローセンさん一家を連れてきてください。それより早くはでないように。離《はな》れて歩いたほうが、人目につかずにすみますから」

お母さんがまたうなずきました。

「ローセンさん一家がヘンリックの手に無事渡ったのを確かめたら、まっすぐ家に帰ってきてください。ものかげに隠《かく》れるようにして、裏道《うらみち》を通って――もちろん、わかっていますよね」

ピーターは先を続けました。

「あなたがローセンさん一家を船に送り届けおえたころには、ぼくはもう消えているでしょう。ぼくの引き受けたグループを渡したら、別のところに行かなくてはならないんです。今夜じゅうにしなくてはならないことが、ほかにもあるので」

ピーターがアネマリーのほうを向きました。

「そういうわけで、もうさようならを言わなくちゃならないよ」

アネマリーはピーターにとびついて、抱きしめました。

「でも、すぐまた会えるでしょ？」アネマリーが聞きました。

「そうだといいね。すぐにね。あんまり大きくなるんじゃないよ。ぼくより大きくなられちゃたいへんだ、足長おじょうさん！」

アネマリーはかすかに顔をほころばせました。でも、ピーターがいくらそう言っても、昔の愉快《ゆかい》にふざけ合ったころとは違っていました。もう二度と帰ってこないものに、ほんの一瞬、手をのばしてみただけのことでした。

ピーターは何も言わずに、お母さんにキスしました。そのあとローセンさんの一家に成功を祈ってから、ほかの人たちの先に立ってでていきました。

お母さんとアネマリーとローセン家の三人は、黙《だま》って座っていました。外でかすかにさわぐ物音がしたので、お母さんが急いで見に行きました。お母さんはすぐに戻ってきました。「心配ありませんよ」お母さんはみんなの表情に応えて言いました。「おじいさんがつまずいて転んだんです。でも、ピーターが手を貸して起こしてあげました。けがはないようです。プライドだけは傷ついたでしょうけれど」

お母さんは最後の言葉をつけ加えて、ちょっとにっこりしました。

プライド。おかしな言葉です。アネマリーは、ローセン一家を見てみました。三人とも、ぶかっこうで、体に合わない服を着て、古ぼけた毛布をしっかり腕《うで》にかかえて、やつれた疲れきった顔をしてアネマリーの目の前に座っています。アネマリーはもっとまえの、もっと幸せだったころを思いうかべてみました。エレンのお母さんは髪をきれいにとかして、頭に布をかぶって、古い祈りの言葉をとなえながら、安息日《あんそくび》のろうそくに火を灯《とも》しています。お父さんは自分の家の居間《いま》にある、大きな椅子《いす》に腰をおろして、厚い本に目を通したり、生徒の答案をなおしたりしながら、眼鏡《めがね》をなおしては、ときどき顔をあげて、まともな灯《あか》りもないんだからと、笑顔のままこぼしています。エレンは学校で劇をやっているところで、舞台の上を堂々と歩きまわり、動作は自信に満ち、よく通る声でせりふを言っています。

そういうことすべてを、プライドを生みだすものすべてを――ろうそくも、本も、劇に出演するという夢のような出来事も――ローセン家の人たちは、コペンハーゲンに置いてきてしまいました。今は何ひとつ持っていません。知らない人の古い服で寒さをしのぎ、ヘンリックおじさんの畑でとれたもので飢《う》えをしのぎ、森のなかの暗い道を、自由に向かって歩いていこうとしているのです。

誰かに教えてもらったわけではありませんが、アネマリーは気がついていました。ヘンリックおじさんがみんなを船に乗せ、海を渡って、スウェーデンに連れていこうとしているのです。エレンのお母さんがどれほど海をこわがっているか、アネマリーは知っていました。海は大きくて、深くて、冷たいのです。エレンがどれほど兵隊をこわがっているかも知っていました。銃《じゅう》を持ち、重い編《あ》みあげの靴《くつ》をはいている兵隊たちは、まちがいなくエレンたちを探しているのです。それに、三人が三人とも、これから先のことをどれほど不安に思っているかも、知っていました。

それでも、ローセン家の三人は昔と同じように、背筋をぴんとのばしていました。教室や舞台や、安息日《あんそくび》のテーブルでのときと同じように。それでは、プライドを生みだすものは、ほかにもあるのです。ローセン家の人たちは、何もかもすべてを捨ててきたわけではなかったのです。

12　お母さんはどこにいる?

エレンのお父さんが、台所の外階段の板がゆるんでいたところで、よろけました。でも、エレンのお母さんが腕《うで》をつかんだので、転ばずにすみました。

「とても暗いんですよ」

毛布と食べ物の包《つつ》みをかかえて、家の前に立っているローセンさん一家に向かって、アネマリーのお母さんが言いました。

「でも、明かりはいっさい使えません。わたしが先に行きます——よく知っている道ですから——あとからついてきてください。森のなかの小道にはいったら、木の根につまずかないように。足で探りながら歩いてください。でこぼこ道ですよ」

お母さんは、わざわざ言うまでもないことでしたが、それでも言いそえました。

「それに、くれぐれも、くれぐれも物音をたてないように」

静かな夜でした。かすかな風に木のこずえが揺《ゆ》れ、草原の向こうからは、波の音が聞こえてきました。ここではいつも聞こえる音、ずっと大昔から、たえまなく聞こえつづけてきた音です。けれど、夜なので、鳥の声はしません。牛のブロッサムも納屋《なや》でおとなしく眠っています し、子ねこは二階でキアステンに抱かれて、夢を見ています。

薄い雲のあいまに、星がいくつかちらばっていましたが、月はでていませんでした。アネマリーは階段の下に立って、ぶるっと身震《みぶる》いしました。

「行きましょう」

お母さんが小声で言って、歩きだしました。

ローセン家の人たちが黙《だま》ってかわるがわる、アネマリーを抱きしめました。エレンが最後でした。アネマリーとエレンは、しっかり抱き合いました。

「いつかきっと戻ってくる。約束《やくそく》する」

エレンがまるで怒っているようにささやきました。

「わかっている」

アネマリーはささやき返して、だいじな友だちを抱きしめました。

そして、みんな行ってしまいました。お母さんも、ローセンさんの一家も。アネマリーだけが残されました。アネマリーは家にはいったとたんに、涙におそわれたので、ドアを閉めて、暗い夜をしめだしました。

棺《ひつぎ》のふたは、また閉められていました。今では、部屋のなかはがらんとしていました。あんなに長いあいだ、大勢の人が座っていたとは、とても思えませんでした。アネマリーは手の甲《こう》で涙をぬぐいました。黒いカーテンを開け、窓も全部開けて、もう一度ロッキングチェアで丸くなって、緊張《きんちょう》をとこうとしました。お母さんたちが歩いていく道を、頭のなかに思いうかべて、たどってみました。あの古い道なら、アネマリーもよく知っています——お母さんほどではありませんが。お母さんは小さかったころ、毎日のように通っていたのです。犬をおともに連れて。でも、アネマリーだって、よく町まで行って、同じ道を戻ってきたのですから、どこで曲がって、どことどこにねじれた木があって、その木のこぶだらけの根が土を押しあげて、どこで道がこぶのようにもりあがっているか、どこのうっそうとしたしげみが、夏の初めによく花をつけるか、ちゃんと覚えていました。

アネマリーは頭のなかでお母さんたちといっしょに、暗い道を手探りで歩いていきました。ヘンリックおじさんが船で待っているところまでは、三十分はかかるでしょう。お母さんはローセンさん一家をそこに残して――抱き合って、最後のさよならを言っても、一分くらいのもの――すぐに家にとってかえしてくるでしょう。お母さんひとりなら、道を知らないローセン家の人たちが、手探りでそろそろ進むのを待っていてあげなくていいから、帰りはずっと早いでしょう。転びもしないで、大急ぎで子どもたちのところへ帰ってくるでしょう。

廊下《ろうか》の時計が、ボーンとひとつ打ちました。夜中の二時半です。お母さんは一時間のうちに戻ってくると、アネマリーは考えました。アネマリーは古いロッキングチェアを、やさしく揺《ゆ》らしました。お母さんは、三時半までには帰ってくるでしょう。

アネマリーは、コペンハーゲンにひとりでいるお父さんのことを考えました。お父さんも目を覚ましているでしょう。いっしょに行きたかったと思っているのではないでしょうか。でも、ふだんどおりにやっていかなくてはならないのです。朝になったら、角《かど》の店に新聞を買いに行って、会社に行って。今ごろはきっと、みんなのことを心配しながら時計を眺めては、知らせが届くのを、今か今かと待っていることでしょう。ローセンさん一家は無事だ、お母さんとアネマリーとキアステンも、ヘンリックおじさんの家で新しい朝を迎えて、窓から日の光がさんさんとさしこむ台所で、生クリームをかけたオートミールを食べているという知らせが届くのを、首を長くして待っていることでしょう。

待っているほうがつらいものです。アネマリーにもわかっていました。たぶん危険は少ないでしょうが、そのぶん不安が大きいのです。

アネマリーはあくびをして、こっくりこっくり舟をこぎはじめました。そしてそのまま、眠ってしまいました。夜空に浮いていた薄い雲のように心もとなく、またたいては消える星のように頼《たよ》りない夢が、ちりばめられている眠りでした。

あたりがうっすら明るくなって、アネマリーは目が覚めました。でも、まだ朝になったわけではありませんでした。それはまだもう少し先のことです。空がわずかに明るくなってきただけです。草原《くさはら》のふちがかすかに光っています。あれはどこか遠くのほうには、まだ眠っているスウェーデンの東のほうには、もうすぐ朝がやってくるというしるしです。やがて、朝いちばんの光が、スウェーデンの畑《はたけ》や海岸にしのびよってくるでしょう。そして、小さなデンマークを光の洪水《こうずい》で満たし、やがて北海《ほっかい》を渡って、ノルウェーを目覚めさせるのです。

アネマリーはぼんやり目をしばたきながら、座りなおしました。しばらくしてから、どこにいるのか、なぜそんなところにいるのか、やっと思いだしました。地平線《ちへいせん》がかすかに明るくなっていますが、そんなのだめ――まだ暗くなくてはだめです。まだ夜でなくては。

アネマリーは体じゅうつっぱったまま立ちあがって、足をのばしてから、廊下《ろうか》の古い時計を見に行きました。朝の四時半でした。

お母さんはどこにいるのでしょう?

もしかしたら、戻ってきたけれど、アネマリーを起こしたくなかったので、そのまま自分の部屋に行って眠ってしまったのかもしれません。そうにきまっています。お母さんは疲れきっていたのでしょう。ひと晩じゅう起きていて、危険をおかして船まで行って、暗い森のなかを、ただただ眠りたいと思いながら戻ってきたのですから。

アネマリーはすぐに、せまい階段をのぼっていきました。アネマリーとエレンが使っていた部屋のドアは開いていました。小さなふたつのベッドはみだれたあともなく、古いキルトはかけたままで、ベッドのなかはからっぽでした。

その隣《となり》のヘンリックおじさんの部屋のドアも開いていました。おじさんのベッドも使われたあとがなく、からっぽでした。アネマリーは不安でたまらなかったのに、思わず顔がほころんでしまいました。ヘンリックおじさんが脱いだものが、丸めて椅子《いす》の上につみあげてあり、庭の土がこびりついている靴《くつ》が、床《ゆか》にほうりだしてあったからです。

ヘンリックおじさんには奥さんがいなくちゃだめね。アネマリーはお母さんの口まねをして、ひとりごとを言いました。

もうひとつの部屋、キアステンとお母さんが使っている部屋のドアは、しまったままでした。アネマリーはふたりを起こさないように、静かにドアを開けました。

子ねこが耳をぴくっと動かして、ぴんと立てました。目も大きく開きました。それから頭をあげて、あくびをしました。子ねこはキアステンの腕《うで》から抜けだすと、のびをしてから、かるがると床《ゆか》にとびおりて、アネマリーのところにやってきました。そして、アネマリーの足に体をこすりつけて、ゴロゴロのどを鳴らしました。

キアステンがため息をついて、眠ったまま寝がえりをうちました。さっきまで温かい子ねこを気持ちよく抱いていた腕《うで》が、今ではからっぽになったので、その腕《うで》が動いて、枕《まくら》の上にどさっとのりました。

大きなベッドには、キアステンのほかには誰もいませんでした。

アネマリーは窓にとんでいって、森の小道に続く草原《くさはら》を見渡しました。外はまだぼんやり明るいだけなので、アネマリーはかすかなうす明かりをすかして目をこらし、森の小道が始まるあたりを、お母さんが急いで戻ってこないか探しました。

アネマリーは、はっとしました。何か見えます。なんだか見なれないものが、昨日はなかったものがあります。黒いものが、ぼんやりしたかたまりが、森の小道が始まるあたりに見えています。アネマリーは目を細《ほそ》めて、なんとかして自分の目に見てもらおうとしました。見たくはないけれど、見えてくれなくてはならないのです。

黒いものが動きました。それで、アネマリーにもわかりました。お母さんです。お母さんが地面にたおれているのです。

13 走れ！ 風のように速く！

アネマリーは妹を起こさないように、静かに窓を離《はな》れると、階段を駆けおりて、台所のドアを開けました。ドアの外のぐらぐらしている階段を踏んだとたんに、体がぐらつきましたが、ぐっとこらえて立ちなおり、お母さんがたおれている場所まで、全速力《ぜんそくりょく》で駆けていきました。

「お母さん！」アネマリーは必死で呼びました。「お母さん！」

「しーっ！ だいじょうぶよ！」

お母さんが顔をあげました。

「でも、お母さん、どうしたの？ 何があったの？」

アネマリーはお母さんのそばにひざまずきました。

お母さんはやっとのことで起きあがって、どうにか座りました。痛さに思わず身をすくませました。

「だいじょうぶよ。心配しないで。それに、ローセンさんたちは、ヘンリックおじさんに送り届けたわ。それがなによりだいじなことでしょ」

お母さんはかすかににっこりしましたが、痛さに顔が引きつって唇《くちびる》をかんだので、笑顔は消えてしまいました。

「ずいぶん早く着いたのよ。まだ真っ暗だったし、ローセンさんたちにとってはなれない道で、とてもたいへんだったけど。ヘンリックおじさんが船で待ちかまえていて、みなさんが乗りこむとすぐに、甲板《かんぱん》の下の船室におろしたので、たちまち見えなくなってしまったわ。ほかの人たちはもう着いているって、ヘンリックおじさんが言っていたから、ピーターも無事送り届けたのね。それで、お母さんはすぐにとんぼがえりして、家目ざして急いだの。一刻《いっこく》も早く、あなたたちのところへ帰ってきたかったから。もっと用心しなくてはいけなかったのに」

お母さんは静かに話しながら、手についた草や土をこすりおとしました。

「信じられるかしら? もうすぐというところで――そうね、半分はきていたわ――木の根につまずいて、ばったりたおれてしまったの」

お母さんはため息をつきました。

「かっこうの悪いことをしてしまって」

お母さんは、まるで自分をしかっているようでした。

「困ったことに、足首の骨が折れてしまったの、アネマリー。もっとひどいことでなくてよかったけど。足首ならなおるから。それに、お母さんは帰ってきたし、ローセンさんたちはヘンリックの手に渡っているしね」

お母さんは顔をしかめて、首を振りました。

「さっきまでのかっこうを、あなたに見せたかったわ、アネマリー。あなたの礼儀《れいぎ》にやかましいお母さんが、ずるずるはってきたのよ！ きっと、よっぱらいのように見えたでしょうね」

お母さんは、アネマリーの腕《うで》に手をのばしました。

「さあ、あなたにつかまらせてちょうだい。こっち側を支えてくれれば、家までたどりつけると思うわ。本当に、なんというかっこうの悪いことをしてしまったのかしら！ さあ、あなたの肩に腕《うで》をかけさせてちょうだい。あなたは本当にいい子で、強くて、勇気があるわ。いいわね——ゆっくりよ。さあ、行きましょう」

お母さんの顔が、痛さで真っ青《さお》になりました。まだ太陽が顔をのぞかせず、かすかに明るいだけでしたが、それでもわかりました。お母さんは娘に全身の重みを預けて、足を引きずっては休み、引きずっては休みしながら、家目ざして進んでいきました。

「家に着いたら、お茶を飲んで、それからお医者さまを呼びましょう。お医者さまには、階段で転んだということにするわね。草や小枝を洗いながしたいので、手を貸してちょうだい。さあ、いいわ、アネマリー、しばらく休ませてね」

ふたりは家にたどりつき、お母さんは入り口の階段にへたりこみました。お母さんは何度か深く息を吸いこみました。

アネマリーは隣《となり》に座って、お母さんの手を握《にぎ》りました。

「帰ってこないから、とっても心配したのよ」

お母さんはうなずきました。

「そうだろうと思っていたわ。ずるずるはってきながら、あなたのことを考えて、心を痛めていたの。でも、こうやって戻ってきたでしょ――今は安全なところに、あなたといっしょにいる。何もかもうまくいったわ。今、何時かしら」

「もうじき四時半くらいじゃない」

「じきに船がでるわ」

お母さんは首をめぐらせて、草原《くさはら》の向こうに横たわる海と、その上にひろがる空を眺めました。今はもう星は姿を消して、灰色のほの暗い空が、ふちをピンクにそめてひろがっているだけでした。

「もうすぐみんなも、安全なところに行きつけるわ」

アネマリーはほっとしました。お母さんの手をなでながら、色が変わってはれあがっている足首を見おろしました。

「お母さん、これ、何かしら?」

とつぜん、アネマリーが階段のすぐ下の草のなかに、手をつっこみました。

お母さんはひとめ見て、小さな叫《さけ》び声《ごえ》をあげました。

「ああ、どうしよう!」

アネマリーは、草のなかにあったものを拾いあげました。すぐに気がつきました。なんだかわかりました。ピーターがエレンのお父さんに預けた包《つつ》みです。

「ローセンのおじさん、階段でよろけたでしょ。あのとき、ポケットから落ちてしまったんだわ。預かっておいて、あとでピーターに返さなくちゃね」

アネマリーは包《つつ》みをお母さんに渡しました。

「何がはいっているか、お母さん、知っている?」

お母さんは返事をしませんでした。悲痛な顔をしました。お母さんは森のなかの小道に目をやってから、自分の足首を見ました。

「だいじなものなんでしょ、お母さん? ヘンリックおじさんに渡さなくちゃいけなかったのよね。ピーターがとてもだいじなものだって言っていたの、覚えているわ。ローセンのおじさんにそう言っているのが聞こえたの」

お母さんは立ちあがろうとしましたが、どすんと階段にしりもちをついて、うめき声をあげました。

「ああ、神さま」お母さんがまた小さな声で言いました。「何もかもむだになってしまったかもしれないわ」

アネマリーはお母さんの手から包《つつ》みを取って、立ちあがりました。

「わたしが届けてくる。道は知っているし、もう明るくなってきたもの。わたし、風のように走れるのよ」

お母さんが緊張《きんちょう》した声で、たたみかけるように言いました。

「アネマリー、家にはいって、テーブルにのっている、小さな籐《とう》かごを取っていらっしゃい。今すぐによ。そのなかに、りんごを入れて。チーズも少し。その下に、この包《つつ》みを入れるの。わかった？　さあ、急いで！」

アネマリーはすぐさま、言われたとおりのことをしました。まず、かご。包《つつ》みは、いちばん底に。その上にナプキンをかけました。それから、包《つつ》んであるチーズ。りんごを一個。台所を見まわすと、パンがあったので、それも入れました。小さなかごはいっぱいになりました。アネマリーはそのかごを、お母さんのいるところに持っていきました。

「船まで走っていくのよ。もしも誰かに呼び止められたら……」

「誰かに呼び止められるかもしれないの？」

「アネマリー、これがどんなに危険なことか、わかっているでしょ。ドイツ兵に見られて、呼び止められたら、なんにも知らない小さな女の子のようなふりをするのよ。おばかさんの、おつむの軽い女の子で、漁師《りょうし》のおじさんに、おべんとうを届けに行くところだっていうふりをね。あわて者のおじさんが、パンとチーズを忘れてしまったから」

「お母さん、底にはいっているのは、なんなの?」

アネマリーがそう聞いても、やっぱり、お母さんは答えてくれませんでした。

「さあ、でかけなさい」お母さんが緊迫《きんぱく》した声で言いました。「今すぐ。走るのよ! 走れるだけ走って!」

アネマリーはあわただしくお母さんにキスをしたあと、お母さんの膝《ひざ》からかごをもぎ取り、くるりと背を向けて、森の小道目ざして走っていきました。

14　森の暗い小道

アネマリーは、森のなかの小道にはいったときになって初めて、明け方がどんなに寒いか気がつきました。そういえば、ちょっとまえ、家にいた人たちがセーターや上着やコートを着こむのを見たり、手を貸したりしたではありませんか。そして、分厚《ぶあつ》く着ぶくれし、毛布をかかえた人たちが、音もなく闇《やみ》に吸いこまれていくのを、暗い夜をすかして目で追ったのでした。それなのに、アネマリーは木綿《もめん》の服に、薄いセーターを着ているだけでした。十月でも、日中になれば日がさして暖かくなるでしょうが、今はまだうす暗く、湿っぽく、冷えびえしていました。アネマリーは思わず、ぶるっと身震《みぶる》いしました。

小道がカーブしたので、うしろをふり向いても、森をでたところに、かすかに明るい空にくっきり浮きあがって見えていた家も、その先のだんだん明るくなってきた草原《くさはら》も、もう見えなく

なりました。今はもう、暗い森がどこまでも目の前に続いているだけです。太い木の根がいたるところにはしっている足もとの小道は、落ち葉で隠《かく》されて、よく見えなくなっていました。アネマリーはつまずかないように、つま先で探りながら進みました。

かごの手が、セーターを通して、チクチク腕《うで》にあたりました。アネマリーはかごを持ちかえて、走ろうとしました。

アネマリーは、夜になるとベッドにもぐりこんで、よくキアステンにしてやったお話を思いうかべました。

「昔、あるところに、小さな女の子がいました」

アネマリーは頭のなかで話しはじめました。

「女の子は、とてもきれいな、赤いマントを持っていました。お母さんが作ってくれたのです。女の子がそのマントをいつも着ているので、みんなは女の子のことを、赤ずきんちゃんと呼びました」

そこで、キアステンが必ず口をはさみます。

「どうして赤ずきんちゃんなの？　なぜ、赤マントちゃんじゃないの？」

「それはね、マントに、頭にかぶるずきんがついていたからよ。赤ずきんちゃんの髪は、とてもきれいにくるくるカールしていたの、キアステンの髪みたいに。そのうちきっと、キアステンにも、お母さんがずきんつきのマントを作ってくれるわ。あったかいわよ、きっと」

「だけど、どうしてずきんなんていうの？ ずきんって昔の人がかぶってたんでしょ、馬に乗るときに」

「赤ずきんちゃんも馬を持っていて、どこかで乗っていたんじゃないかな。さあ、そんなに聞いてばかりいると、先が続けられないわ」

アネマリーは暗いなかで道を探って進みながら、キアステンがすぐに何か聞くので、話が続けられなかったことを思いだして、表情がゆるみました。キアステンが口をはさむのは、話を引きのばしたかったからです。

赤ずきんちゃんの話は続きました。

「ある日、お母さんが、赤ずきんちゃんに言いました。『かごに食べ物を入れたから、おばあさんのところへ届けてちょうだい。おばあさんは、病気で寝ているのよ。さあ、赤いマントを着せてあげましょう』」

「おばあさんは、森のずっと奥のほうに住んでたんだよ」キアステンが必ず口をはさみます。

「おおかみがいる暗い森の奥に」

小さな物音がしました――たぶん、りすでしょう。すぐそばを、うさぎがあわてて逃げていったのかもしれません。アネマリーはしばらく小道でじっと立ち止まって、また表情がゆるみました。キアステンだったら、こわがるにきまっています。アネマリーの手をつかんで、「おおかみだ！」と言うでしょう。けれど、アネマリーは、この森が物語のなかにでてくるような森ではないのを知っていました。キアステンの頭のなかに現れるおおかみも、くまも、ここにはいません。アネマリーは先を急ぎました。

そのころになってもまだ、深い森のなかは、真っ暗でした。アネマリーはこんなに暗いときにこの小道を歩いたことは、一度もありませんでした。お母さんには走っていくと言ったのです。ですから、走っていかなくてはなりません。

道がわかれているところにきました。道がどこでわかれているかよく知っていましたが、暗いときに見ると、なんだかふだんと違っていました。ここで左に曲がれば、街道《かいどう》にでます。そこならもっと明るくて、道もひろいし、人も通っているでしょう。でも、それだけ危険も増します。アネマリーが歩いているところを、誰かに見られてしまうかもしれません。朝早いこの時間には、長い一日の漁《りょう》にでようとしている漁師《りょうし》たちが、船に向かって急いでいるでしょうから。それに、兵隊もいるかもしれません。

アネマリーは右に曲がって、森のもっと奥にはいっていきました。こっちの道を行かなくてはならないので、森を知らない人たち――ローセンさん一家やほかの人たち――を、お母さんとピーターが案内してこなくてはならなかったのです。まちがえて左に曲がったら、危険にとびこむことになってしまいかねません。

「そこで、小さな赤ずきんちゃんは食べ物のはいったかごをさげて、森のなかを急いで歩いていきました。よく晴れた朝で、小鳥がうたっていました。小さな赤ずきんちゃんもうたいながら歩いていきました」

ここのところは、ときどき少し変えて話しました。森のなかでは、雨が降っていることもあれば、雪のときさえありました。もう夕方で、おそろしいかげが長くのびているときには、キアステンは聞きながらにじりよってきて、アネマリーにしがみつきます。けれど、自分にこのお話をしてやっているアネマリーは、今は、お日さまが輝いていて、小鳥たちがさえずっていればいいのにと思いました。

小道のはばがひろくなり、平《たい》らになりました。森の片側がひらけて、小道は海ぞいの牧草地《ぼくそうち》にそってカーブしていました。ここでなら走れるので、アネマリーは走りだしました。ここの牧草地《ぼくそうち》には、昼間になれば、牛がいます。夏の昼さがり、アネマリーは必ずさくのそばで足を止めて、草をひと握《にぎ》り差しだしてやります。すると、なんだろうと思った牛がざらざらした舌で、その草を食べるのです。

お母さんも子どものころ学校へ行くとちゅう、いつもここで立ち止まったものだと、アネマリーに話してくれました。お母さんの犬のトロファストはさくの下からもぐりこんで、牧草地《ぼくそうち》じゅうを走りまわっては、むやみやたらほえまわって牛たちを追いまわそうとしたのに、牛たちは相手にしてくれなかったそうです。

けれど、今はまだ牛のかげもなく、牧草地《ぼくそうち》がかすかな朝の光のなかに、色もなくぼんやりひろがっているだけでした。牧草地《ぼくそうち》の先のほうから、海のうねりが聞こえてきましたし、もっと東のスウェーデンのあたりが、朝日をあびて明るくなっているのが見えました。アネマリーはせいいっぱい速く走っていきながら、目では、小道がまた森のなかにはいっていくところを探していました。森のその部分を最後に通りぬければ、町に着くのです。

ありました。このあたりは、やぶがうっそうとしげっているので、小道の入り口を見つけるのはたいへんです。それでも、アネマリーは、背の高いブルーベリーのしげみのわきに、入り口を見つけました――夏も終わるころ、何度ここにきて、甘いブルーベリーの実をつんだことでしょう！　手も口も真《ま》っ青《さお》になってしまって、家に帰ったとき、お母さんに大笑いされたものです。

また暗くなりました。木立《こだち》やしげみが、ぎっしりまわりをとりまいているからです。アネマリーはなんとか走ろうとしましたが、スピードを落とさないわけにいきませんでした。

アネマリーは、お母さんのことを思いうかべました。もうお医者さまを呼んだでしょうか。そうだといいのですが。この村のお医者さまは年をとっていて、ぶっきらぼうなそっけない人ですが、目だけはやさしく笑っています。お医者さまはこれまでの夏のあいだに何度か、ヘンリックおじさんの家に呼ばれて、舗装《ほそう》してない道を、おんぼろの車でがたがたやってきました。まだキアステンが小さな赤ちゃんだったころ、病気になって、耳が痛くて泣きわめいたときにもきてくれました。それに、リーセが朝ご飯を作っていたとき、熱した油をこぼして、手にやけどをしたときにもきてくれました。

また道がわかれているところにでたので、もう一度曲がりました。左の道をとれば、そのまま村にでます。アネマリーたちが汽車をおりたあと通ってきた道ですし、小さかったころのお母さんが、学校に通った道です。

でも、アネマリーは、右に曲がりました。そっちを行くと港にでて、そこに漁船《ぎょせん》がいかりをおろしているのです。アネマリーはその道も、よく通ったことがあります。夕方近くにやってきて、たくさん戻ってくる漁船《ぎょせん》のなかから、ヘンリックおじさんの船インゲボー号を見つけだし、おじさんやおじさんを手伝っている漁師《りょうし》たちが、その日とったニシンを水揚《みずあ》げするのを眺めるのです。銀色に光るつるつるのニシンが、入れてある箱のなかでまだピンピンとびはねていました。

この時間には、船はこの先の港で、まだ一ぴきの魚もつまずに、漁《りょう》にでる準備をしているのですが、アネマリーのいるあたりまで、油と塩の入りまじったニシンのにおいがただよってきました。このへんでは、いつもにおっているのです。

もうじきです。明るくなってきました。アネマリーは、金曜日ごとに学校でやる競技会《きょうぎかい》のときのように、全速力《ぜんそくりょく》で走りました。コペンハーゲンの歩道で走って、ドイツ兵に、「ハルト！」と呼び止められたあの日のように、全速力《ぜんそくりょく》で。

アネマリーは頭のなかで、赤ずきんちゃんの話を続けました。

「赤ずきんちゃんが森のなかを歩いていくと、とつぜん、物音がしました。しげみがガサゴソいう音でした」

「おおかみだ！　おおかみにきまってる！」

キアステンは必ずそう言って、おもしろくてたまらないけれど、でもやっぱりこわくて、ぶるっと身震《みぶる》いします。

アネマリーは必ずこの部分でできるだけ時間をとって、緊張感《きんちょうかん》をもりあげ、妹にたっぷりこわさを味わわせてやります。

「赤ずきんちゃんには、なんだかわかりませんでした。立ち止まって、耳をすましました。何かがしげみに隠《かく》れて、赤ずきんちゃんのあとをつけてきます。赤ずきんちゃんはそれはもう、

こわくて、こわくて、こわくて、たまらなくなりました」

アネマリーはそこで言葉をきって、一瞬黙《だま》りこみます。すぐ隣《となり》で、キアステンが息を止めているのがわかります。

「そのとき」アネマリーは低い、せいいっぱいおそろしい声で言います。「何かが、ウーッとうなる声がしました！」

とつぜん、アネマリーは立ち止まって、そのままじっと動かずにいました。すぐ先で、道が曲がっています。そこを曲がれば、景色《けしき》がひらけて、海が見えるのです。森はそこで終わりで、行く手に、港や、船着き場《ふなつきば》や、数えきれないほどたくさんの漁船《ぎょせん》が見えるのです。もう少し行けば、エンジンの音や、漁師《りょうし》たちが互いにかけ合う声や、カモメの鳴き声が、にぎやかに聞こえてくるのです。

けれど、それとは違う音が、アネマリーに聞こえたのです。少し先のやぶで、ゴソゴソ音がしました。足音も聞こえました。おまけに——いいえ、アネマリーの想像ではありません——低いうなり声まで聞こえました。

アネマリーは用心して、一歩前に踏みだしました。それから、もう一歩。曲《ま》がり角《かど》に近づいていくあいだ、物音は続いていました。

はっと思ったとき、アネマリーの目の前に立ちはだかったものがありました。銃《じゅう》を持った兵隊が四人です。ふたりの兵隊が手に革《かわ》ひもを握《にぎ》り、そのぴんとはった革《かわ》ひもの先で、大きな犬が二ひき、目をらんらんと光らせ、歯をむいていました。

15　犬が肉のにおいをかぎつけた！

アネマリーはとっさに、いろいろなことを考えました。そして、お母さんに言われたことを思いだしました。

「もしも誰かに呼び止められたら、なんにも知らない、小さな女の子のふりをするのよ」

アネマリーは兵隊たちを見つめました。でも、すぐに、コペンハーゲンの街角《まちかど》で呼び止められたとき、自分がどんな顔でふたりの兵隊を見つめたか思いだしました。こわくて震《ふる》えあがった顔をしていました。

でも、キアステンはこわがりませんでした。キアステンは——そう、なんにも知らない小さな女の子で、あの日、ドイツ兵が髪にさわったので、かっとなりました。そんなことをしたら危険だということなんか、ぜんぜん知らなかったからですし、ドイツ兵のほうもそんなキアス

テンをおもしろがりました。

アネマリーは必死の思いで、キアステンのようにふるまう決心をしました。

「おはようございます」

アネマリーは言葉に気をつけて、兵隊たちに言いました。

兵隊たちは黙《だま》って、アネマリーを頭のてっぺんからつま先まで、じろじろ眺めまわしました。犬は二ひきともゆだんなく身がまえています。犬の革《かわ》ひもを握《にぎ》っているふたりの兵隊は、厚い手袋をしていました。

「こんなところで、何をしている?」兵隊のひとりが聞きました。

アネマリーはかごを持ちあげました。なかから、大きなパンのかたまりが、顔をのぞかせていました。

「ヘンリックおじさんがおべんとうを忘れちゃったから、届けに行くの。おじさんは漁師《りょうし》なのよ」

兵隊たちはあたりを見まわしました。アネマリーのうしろにちらりと目を走らせ、両側のやぶをすかして見ました。

「ひとりか?」別の兵隊が聞きました。

アネマリーはうなずいて、そうだと答えました。

犬の一ぴきがうなり声をあげました。二ひきとも、おべんとうのはいっているかごを見ていました。

兵隊のなかのひとりが前にでました。もうひとりと、犬の革《かわ》ひもを握《にぎ》っているふたりは、そのままもとの場所に立っていました。

「べんとうを届けるだけのために、まだ夜も明けないうちにでてきたというのか？ おじさんは魚を食えばいいではないか」

キアステンなら、なんと答えるでしょう？ アネマリーは、クスクス笑ってみせました。キアステンのように。

「ヘンリックおじさんは、魚なんか大っきらいなの」

アネマリーは笑いながら言いました。

「いつもいつも見ているし、いつもいつもにおいをかがされているからなんですって。それに、どっちみち、生じゃ食べられない！」

アネマリーは顔をしかめました。

「そりゃ、うえ死にしそうになったら、食べるかもしれないけど。でも、ヘンリックおじさんのお昼はいつも、パンとチーズなの」

しゃべりつづけるのよ、と、アネマリーは自分に命令しました。キアステンのように。なんにも知らない、小さな女の子のように。

「わたしは大好きだけど。お母さんがお料理してくれると、とってもおいしいの。パン粉《こ》をつけて、それから……」

兵隊が手をのばして、かごからぱりぱりに焼けたパンを引きぬきました。次に、じろじろ眺めまわして調べました。それから、真ん中で割って、ふたつに引きちぎりました。

こんなことをされたら、キアステンならかんかんになって怒るにきまっています。

「やめてよ！」アネマリーが怒った声で言いました。「それ、ヘンリックおじさんのパンなのよ！　お母さんが焼いたのよ！」

兵隊は、アネマリーの言うことに耳を貸しませんでした。ふたつになったパンを、地面に投げすてました。二ひきの犬の前に、ひとつずつ。犬たちはとびかかって、がつがつたいらげたので、パンはあっというまに消えてしまいました。

「森のなかで、誰かに会わなかったか?」

兵隊がまるで怒鳴《どな》っているような声で、アネマリーに聞きました。

「ううん。兵隊さんたちだけ」アネマリーは兵隊を見つめました。「だけど、こんな森のなかで、何しているの? ああ、こんなことしてたら、遅くなっちゃう。ヘンリックおじさんの船がでちゃう、おべんとうが届かないうちに……っていうか、おべんとうの残りが届かないうちに」

兵隊が、三角形のチーズをつまみあげました。手のなかで引っくり返して調べました。うしろに立っている三人のほうをふり向いて、自分の国の言葉で何か聞きました。

「ナイン」

ひとりがうんざりだというように言いました。その言葉なら、アネマリーにもわかりました。兵隊は、「ノー」と答えたのです。たぶん、「いるか?」とか、「これも犬にやろうか?」とか聞かれたのではないかと、アネマリーは想像しました。

兵隊はまだチーズを持ったままでした。お手玉をするように、ぽんぽんもてあそんでいました。

アネマリーはわざと大きなため息をついて、いらいらした声で聞きました。

「もう行ってもいい?」

兵隊がりんごを手に取りました。茶色くなったところがあるのを見て、こんなりんごを食えるかという顔をしました。

「肉は持っていないのか？」

兵隊がかごをちらっとのぞいたので、底にしいてあるナプキンが目にはいりました。

アネマリーは、今にも食ってかかりそうな表情を見せました。

「わたしたちが肉を食べられないくらい、知ってるでしょ。デンマークじゅうの肉はみんな、あなたたちドイツ兵が食べちゃうじゃないの」

アネマリーは言いにくいことを、はっきり言いました。

お願い、お願いよ。アネマリーは心のなかで祈りました。お願いだから、ナプキンを取らないで。

兵隊が笑いました。兵隊はりんごを地面に捨てました。犬の一ぴきが、革《かわ》ひもをぴんとはって身をのりだし、りんごのにおいをかいでみましたが、すぐに首を引っこめました。それでもまだ、犬は二ひきとも耳をぴんと立て、口を開けて、かごを見つめつづけていました。つるりとしたピンクの歯ぐきで、唾液《だえき》が光っていました。

「犬が肉のにおいをかぎつけている」兵隊が言いました。

「森のなかにいるりすのにおいがしているのよ。りす狩《が》りに連れていってあげればいいのに」

アネマリーが言い返しました。

兵隊がチーズを持ったまま、かごに手をのばしたので、アネマリーはチーズをかごに戻すのかと思いました。でも、違いました。返すどころか、花もようの木綿《もめん》のナプキンをつまみあげました。

アネマリーは、目の前が真っ暗になりました。

「おまえのおじさんのべんとうというのは、なんとまたかわいいべんとうなんだ」

兵隊は鼻先で笑って、チーズを持っている手で、ナプキンをくしゃくしゃに丸めました。

「まるで女のべんとうみたいだ」

兵隊はばかにしきったように言いそえました。

ところがそこで、兵隊の視線がかごから動かなくなりました。兵隊はそばにいるもうひとりの兵隊に、チーズとナプキンを渡しました。

「それはなんだ？ 底にはいっているそれだ」

兵隊はそれまでとは違う、緊張《きんちょう》した声で聞きました。

キアステンならどうするでしょう？　このまえは、じだんだ踏んで怒りました。アネマリーは自分でもびっくりしましたが、とつぜん泣きだしていました。

「知らないわ！」アネマリーは涙で声をつまらせました。「こんなとこで呼び止められて遅くなっちゃったから、お母さんにしかられちゃう。それに、おべんとうをだめにされちゃったから、おじさんも怒るわ！」

犬たちはあわれっぽい鳴き声をあげながら、思いっきり革《かわ》ひもを引っぱって前にのりだし、かごのにおいをかごうとしました。そばに立っている別の兵隊が、ドイツ語で何かささやきました。

アネマリーに話しかけてきた兵隊が、小さな包《つつ》みを取りだしました。

「なぜこんなに念《ねん》を入れて隠《かく》してあるんだ？」

兵隊がかみつくように言いました。

アネマリーは、セーターのそでで涙をぬぐいました。

「隠《かく》してあるんじゃないわ。ただナプキンをかけてあるだけよ。なんだかわたしだって知らないわよ」

アネマリーは答えたあとで、自分の言ったとおりだと思いました。アネマリーだって、包《つつ》みのなかに何がはいっているか知らないのです。

兵隊が包《つつ》んであった紙をやぶりました。兵隊の足もとの地面では、犬たちが足をつっぱり、歯をむいてうなりながら、革《かわ》ひもをぐいぐい引っぱっていました。すべすべの短い毛の下で、筋肉がもりあがっているのが、はっきり見えました。

兵隊は包《つつ》みのなかを見ました。そしてすぐ、アネマリーをにらみつけました。

「めそめそするのはやめろ、ばかな娘だ」兵隊がきびしく言いました。「おじさんのべんとうにハンカチを入れてやるとは、あきれた母親だ。ドイツの女たちは、こんなばかなまねはしない。亭主《ていしゅ》や兄弟のために、家でハンカチのふちをかがるようなまねはするものか」

兵隊は折《お》りたたんである白い布を見せて、皮肉たっぷりの短い笑い声をあげました。

「花を刺繍《ししゅう》しなかっただけ、まだましか」

兵隊はまだ半分紙にくるまったままのハンカチを、地面に転がっているりんごのそばに捨てました。犬たちがとびかかって、むちゅうでにおいをかいでいましたが、またしてもがっかりして、おとなしくなりました。

「行け！」

兵隊は、かごにチーズとナプキンをほうりこんで言いました。

「おじさんのところへ行って、べんとうのパンは、ドイツの犬たちがごちそうになったと言うといい」

四人の兵隊は、アネマリーを押しのけました。ひとりが声をあげて笑い、自分たちの国の言葉で、互いに何か言いました。兵隊たちはたちまち、今、アネマリーがやってきた方角へ消えていきました。

アネマリーはりんごと、紙をやぶられてなかの白いハンカチがのぞいている包《つつ》みを、急いで拾いあげました。そして、そのふたつをかごにほうりこみ、道を曲がって、港に向かって走っていきました。港では、もう朝日がのぼってきたので、空が明るく輝いていましたし、やかましい音をあげて、エンジンをかけている船もありました。

インゲボー号はまだ船着《ふなつ》き場《ば》にとまっていて、ヘンリックおじさんもいました。おじさんは網《あみ》のそばにひざまずいていて、明るい色の髪が風になびいて輝いていました。アネマリーが声

ST

をかけると、おじさんはすぐに船《ふな》べりにやってきましたが、アネマリーが船着《ふなつ》き場《ば》にいるのに気づいたおじさんは、とても心配そうでした。

アネマリーはかごを渡しました。

「お母さんから、おべんとうよ」

アネマリーの声は震《ふる》えていました。

「でも、ドイツ兵に呼び止められて、パンはとられちゃったの」

それ以上は言えませんでした。

ヘンリックおじさんがすばやくかごをのぞきこみました。おじさんの顔にほっとした表情がひろがったのが、アネマリーにもわかりました。ドイツ兵に開けられはしましたが、包《つつ》みがかごにはいっているのを見て、ほっとしたのだということもわかりました。

「ありがとう」

おじさんの声にも、はっきりと、ほっとした気持ちが表れていました。

アネマリーは見なれた小さな船を、すばやく見渡しました。せまい通路からからっぽの船室まで、すっかり見えました。ローセンさん一家やほかの人たちのいる気配はどこにもありませんでした。ヘンリックおじさんは、アネマリーが見ている先を自分も目で追ってから、アネマリーのわからないと言っている顔を見ました。

「すべてうまくいっている。心配ないよ。何も問題なしだ」

ヘンリックおじさんがそっと言いました。

「ついさっきまでは、どうなることかと思っていた。だけど、今はもう……」

おじさんの目が、手に持っているかごを見ました。

「おまえのおかげだよ、アネマリー。おまえのおかげで、何も問題はなくなった。さあ、走って帰って、お母さんに心配しないように伝えておくれ。夕方には戻るからな」

ヘンリックおじさんがだしぬけに、にやっと笑いました。

「やつらがおれのパンをとったっていうんだな？　パンでのどをつまらせて、死んじまえばいいんだ」

16　ちょっとだけ教えてあげよう

「ブロッサムも気の毒に！」

その日の夜、夕飯が終わったあとで、ヘンリックおじさんが言いました。

「何年も都会暮らしをしてきた母さんに乳《ちち》をしぼられただけでも、ひと災難《さいなん》だったのにな。それが、次は、アネマリーだとは！　それも、生まれて初めてやったときてる！　よくけとばされずにすんだもんだ！」

お母さんも笑いました。お母さんは、台所のすみに置いてある、座《すわ》り心地《ごこち》のいい椅子《いす》に腰かけていました。ヘンリックおじさんが居間《いま》から運んできてくれたのです。お母さんは、膝《ひざ》まで真新しい白いギプスをつけた足を、足のせ台にのせていました。

アネマリーはみんなに笑われても、ちっともかまいませんでした。今考えると、本当におかしいのですから。

アネマリーが家に戻ってきてみると――アネマリーはもう何も持っていなかったので、危険はなかったのですが、森のなかにまだ兵隊たちがいて、また会ったらいやだったので、街道《かいどう》を走ってきたのです――お母さんとキアステンはいませんでした。お母さんの走り書きのメモが置いてあって、お医者さまの車で町の病院に連れていってもらうけれど、じきに戻ると書いてありました。

ところが、みんなに忘れられたブロッサムが、乳《ちち》をしぼってもらえなくて気持ちが悪いといって、納屋《なや》でさわいでいるのが聞こえてきたので、アネマリーは乳《ちち》をしぼるバケツをかかえて、おそるおそる納屋《なや》にでかけていきました。ブロッサムがいらいらして鼻をならしても、頭を振りあげても、そんなことは気にかけないようにして、ヘンリックおじさんがリズミカルにしっかり引っぱっていたときの手つきを思いだしながら、せいいっぱいやってみました。そして、乳《ちち》しぼりをやりとげたのです。

「あたしにだってできるもん」キアステンが言いました。「引っぱって、しぼればいいだけじゃない。かんたんだよ」

アネマリーは、あきれたという顔をしました。ぜひやってみせてもらいたいものね、と、アネマリーは思いました。

「エレンは戻ってくる? あたしのお人形に、服をぬってくれるって言ってたんだけどな」

キアステンは、ブロッサムのことなんかすぐに忘れてしまいました。

「お人形の服なら、アネマリーとお母さんが、作るのを手伝ってあげますよ」お母さんが言いました。「エレンは、お父さんとお母さんといっしょに行ったのよ。びっくりしたでしょ? お父さんとお母さんがゆうべエレンを迎えにきて、連れていったの。よかったわね」

「さよなら言いたかったな、起こしてくれればよかったのに」

キアステンは文句を言って、隣《となり》の椅子《いす》に座らせてある人形の赤く塗《ぬ》った口に、スプーンで、目に見えない何かを食べさせてやりました。

「アネマリー」ヘンリックおじさんが椅子《いす》を押して、テーブルから立ちあがりながら言いました。「いっしょに納屋《なや》にくれば、乳《ちち》しぼりの手ほどきをしてあげよう。まず、手を洗っておいで」

「あたしも行く」キアステンが言いました。

「キアステンはだめよ」お母さんが言いました。「今はね。ここにいてもらいたいの。お母さん、ちゃんと歩けないでしょ。お母さんの看護婦《かんごふ》さんになってちょうだい」

キアステンは文句を言おうかどうか、ちょっと迷っていましたが、すぐに言いました。

「あたし、大きくなったら、看護婦《かんごふ》になる。乳《ちち》しぼりじゃなくて。だからここにいて、お母さんをみててあげる」

アネマリーはいつものように子ねこをおともに連れて、さっきから降りはじめた霧雨《きりさめ》のなかを、ヘンリックおじさんと納屋《なや》に向かいました。ブロッサムはヘンリックおじさんを見て、うれしそうに首を振ったようでした。きっと、やれやれ、やっと安心してしぼってもらえると思ったのでしょう。

アネマリーは干《ほ》し草《くさ》の山に座って、おじさんが乳《ちち》をしぼるのを見ていました。けれど、頭のなかでは、乳《ちち》しぼりのことなんか考えていませんでした。

「ヘンリックおじさん」アネマリーが声をかけました。「ローセンさんやほかの人たち、どこにいるの？ わたし、おじさんが船でみんなを、スウェーデンに連れていくんだとばかり思っていた。だけど、みんな乗っていなかったでしょ」

ヘンリックおじさんは、ブロッサムの大きなわき腹《ばら》によりかかりました。

「乗ってたよ。本当は、おまえは知らないほうがいい。知らないほうが安全なんだと言ったのを、覚えているだろう。だけど、ちょっとだけ教えてあげよう。とても勇気があったからな」

ヘンリックおじさんは、しっかりした、ものなれた手つきで、手を動かしつづけました。

「勇気があった?」アネマリーはびっくりしました。「ううん、なかったわ。すごくこわかったもの」

「命をかけて、危険なことをやったじゃないか」

「でも、そんなこと、考えもしなかった! ただ……」

ヘンリックおじさんがにっこりして、口をはさみました。

「勇気があるというのは、そういうことをいうんだ――危険なんか考えない。ただ、自分がしなくてはならないことだけを考える。そりゃ、こわかったろうさ。おじさんだって、今日はこわかったからな。それでも、おまえは、自分がしなくてはならないことだけを考えつづけていた。おじさんもそうだった。それじゃ、ローセンさんたちのことを話すとしよう。

デンマークの漁師《りょうし》のなかには、自分の船に人を隠《かく》す場所を作った人が、大勢いる。おじさんも作った。船の底に。甲板《かんぱん》の板をちょいとあげただけのところに、何人か隠《かく》せる場所がある。

ピーターや、ピーターといっしょに活動しているレジスタンスの連中《れんちゅう》が、おじさんのところへ人を連れてくる。ほかの漁師《りょうし》のところへもだ。その人たちをひそかに、このギレライエまで連れてくる仲間もいる」

アネマリーはびっくりしました。

「ピーターはレジスタンスにはいってるの？ そうよ！ きまっているじゃない！ お父さんとお母さんに、秘密の新聞『自由デンマーク』を持ってくるもの。それに、いつも忙しそうにとびまわっているみたいだし。とっくに気がついていなくちゃいけなかったんだ！」

「ピーターは、実に勇気のある若者だ。レジスタンスの連中《れんちゅう》はみんなそうだ」ヘンリックおじさんが言いました。

アネマリーは、けさの船に誰も乗っていなかったことを思いだし、まゆを寄せました。

「じゃあ、わたしがかごを持っていったとき、ローセンさんたちは、ちゃんと船底にいたの？」

ヘンリックおじさんがうなずきました。

「なんにも聞こえなかったわ」アネマリーが言いました。

「そりゃ、そうだ。何時間も長いあいだ、みんな物音ひとつたてずに、静かにしていなくちゃならなかったんだ。赤んぼうには薬を飲ませて、目が覚めて泣きださないようにしておいた」

「わたしがおじさんと話していたのも、みんなに聞こえていたの？」

「ああ。聞こえたって、おまえの友だちのエレンがあとになって言ってたよ。それに、兵隊たちが船を調べにやってきたのも、聞こえていた」

アネマリーが目を丸くしました。

「兵隊たちがきたの？　わたしを呼び止めたあとで、反対のほうに行ってしまったんだとばかり思っていたわ」

「ギレライエや海岸沿いにはどこにでも、兵隊がいくらでもいる。船をかたっぱしから調べているんだ。ドイツ側にも、ユダヤ人が脱出《だっしゅつ》しているのはわかっているんだが、その方法がわからないし、現場もめったにとらえられない。こっちだって隠《かく》す場所は、えらく注意してわからないようにしてあるからな。それに、甲板《かんぱん》にはよく、死んだ魚がつみあげてあるし。やっこさんたち、ぴかぴかの長靴《ちょうか》をよごすのがお気に召さないのさ！」

ヘンリックおじさんはアネマリーのほうをふり向いて、にやっと笑いました。

アネマリーは暗い森のなかで目の前に現れた長靴《ちょうか》が、ぴかぴかだったことを思いだしました。

「ヘンリックおじさん。おじさんは、わたしが全部を知っていないほうがいいと言ったし、わたしもそのとおりだと思う。でも、お願いだから、ハンカチのことだけ教えてくれない？　あの包《つつ》みがすごくだいじなんだっていうことは、わたしにもわかっていたわ。だから森のなかを走って、おじさんに届けに行ったのよ。でも、わたし、地図だと思っていたの。どうしてハンカチなんかが、そんなにだいじなの？」

ヘンリックおじさんは、いっぱいになったバケツをわきに置いて、ブロッサムの乳房《ちぶさ》を、ぬれた布でふきはじめました。

「このことを知っている人は、ごくわずかしかいないんだよ、アネマリー」おじさんがまじめな顔になって言いました。「だが、ドイツ兵のほうは、ユダヤ人たちがデンマークを脱出《だっしゅつ》していくのに――おまけに、捕《つか》まえられないのにも――ひどく腹《はら》をたてて、特別に訓練《くんれん》した犬を使いはじめたんだ」

「犬を連れてたわ！　道でわたしを呼び止めた兵隊たちも！」

ヘンリックおじさんがうなずきました。

「犬はそのへんをかぎまわって、人が隠《かく》れている場所を探しだすように訓練《くんれん》されている。昨日も、二せきの船で、そういうことがあった。こしゃくな犬どもめ、死んだ魚のなかからでも、人間のにおいをかぎつけるんだ。みんな、ひどく心を痛めた。船でスウェーデンに脱出《だっしゅつ》させるのも、これでおしまいかと思った。

この問題を、科学者や医者たちのところに相談に行ったのが、ピーターだった。優秀な頭脳《ずのう》が集まって、夜も寝ないで解決策《かいけつさく》を探しだす努力をした。そして、とうとう、特別な薬を作りだしたんだ。どんな薬かは知らない。ただ、ハンカチに、その薬がしみこませてある。犬は、その薬にひきつけられてにおいをかぐと、鼻がきかなくなって、においをかげなくなってしまうんだ。すごいだろう！」

アネマリーは、二ひきの犬がハンカチにとびかかって、においをかいだあと、顔をそむけてしまったことを思いだしました。

「ピーターのおかげで、今ではどの船の船長も、そういうハンカチを一枚ずつ持っている。ドイツ兵が船に乗りこんできたら、おじさんたちはポケットからハンカチを引っぱりだすだけでいい。兵隊は、おれたちがそろってかぜを引いたとでも思うだろうさ！　犬はそのへんをかぎまわっているうちに、おれたちが差しだすハンカチをかいでしまうから、そのあといくら船の

なかをうろついても、なんにも見つけられないというわけだ。なんにもにおわなくなっているからな」

「ドイツ兵は、今朝おじさんの船にきたときも、犬を連れてきたの？」

「連れてきた。おまえが帰って、二十分も経っていなかったかな。船をだそうとしたところへ、兵隊が現れて、止まれと命令した。船に乗りこんできて探しまわったけど、なんにも見つけられなかった。そのときにはもう、おじさんはハンカチを持っていたからな。もし持っていなかったら……」

ヘンリックおじさんの声が小さくなって、最後まで言わないうちに消えてしまいました。最後まで言ってもらう必要はありませんでした。

もしも、エレンのお父さんが落とした包《つつ》みを、アネマリーが見つけなかったら？　もしも、アネマリーが森のなかを走って届けに行かなかったら？　もしも、兵隊にかごを取りあげられてしまっていたら？　もしも、船に届けるのが間に合わなかったら？　たくさんのもし、もしもが、アネマリーの頭のなかでうずまきました。

「みんな、もう無事にスウェーデンに着いてるの？　確かなのね？」アネマリーが聞きました。

ヘンリックおじさんがうなずいて、ブロッサムの頭をなでました。

「みんなが上陸するのを、この目で見たよ。あっちにも仲間が待っていて、みんなを隠《かく》れる場所に連れていってくれた。そこにいれば安全だ」

「でも、もしナチスがスウェーデンに攻めいってきたら、どうなるの？　エレンたちはまた逃げなくちゃならないの？」

「そんなことにはならないだろう。ナチスにはナチスの事情があって、スウェーデンに手をつけたくない。そのへんのことは、とてもこみいっているんだよ」

アネマリーの思いは、今度はみんながインゲボー号の甲板《かんぱん》の下に隠《かく》れていたときのことにとびました。

「つらかったでしょうね、すごく長い時間、そんなところにいて」アネマリーはつぶやきました。「その隠《かく》れていた場所って、暗いんでしょ？」

「真っ暗だよ。それに、寒くて、ひどくきゅうくつときている。それに、ローセンの奥さんは船によってしまった。海の上にいたのは、そんなに長い時間じゃないんだが――たいした距離じゃないのは、おまえも知っているだろう。それにしても、みんな勇気があったよ。それに、上陸してしまえば、そんなことも、もうどうでもよかったしな。スウェーデンの空気はすがすがしくて、冷たかった。風もふいていた。おじさんがみんなに別れを告げているとき、赤んぼうが目を覚ましたようだったよ」

「またいつか、エレンに会えるかな」アネマリーが悲しそうに言いました。

「会えるとも。おまえが命を救ったんじゃないか。いつかきっと、また会えるって。戦争だって、いつかきっと終わるんだ。どんな戦争でも、終わるときがあるからな」

ヘンリックおじさんはそこで大きくのびをしました。

「どうだ、すごい乳《ちち》しぼりの手ほどきだったろう?」

「ヘンリックおじさん！」

アネマリーは大声で叫《さけ》んで、声をたてて笑いながら指さしました。

「見て！ 雷《かみなり》の神さまが、ミルクのはいっているバケツに落っこちちゃった！」

17　そして、やっと

戦争は終わる。ヘンリックおじさんはそう言いました。そして、そのとおりでした。二年という長い年月が経ってやっと、戦争は終わりました。アネマリーは十二才になっていました。その五月の夕べ、コペンハーゲンじゅうに、教会の鐘《かね》が鳴りわたりました。どこを見ても、デンマークの国旗《こっき》がひるがえっていました。人々は通りにでて、泣きながらデンマーク国歌をうたいました。

アネマリーは、お父さんとお母さんとキアステンといっしょに、アパートのベランダに立っていました。通りの右を見ても左を見ても、向かい側を見ても、ほとんどの窓で、旗やのぼりがはためいていました。そういうなかには、人が住んでいないアパートがずいぶんたくさんあるのを、アネマリーは知っていました。もう二年近くものあいだ、近所の人たちは身を隠《かく》した

ユダヤ人たちの家にでかけていって、植木の手入れをし、家具のほこりを払い、ろうそく立てをみがいてきました。アネマリーのお母さんも、ローセン家《け》のためにそういうことをしてきました。

「友だちなら、そうするのがあたりまえよ」お母さんはよく言いました。

そして今、近所の人たちは、主人の帰りを待っているからっぽのアパートにはいって、窓を開け、自由になったしるしの旗をかかげたのです。

その夜、お母さんの顔は涙でぬれていました。キアステンは小さな旗を振りながら、青い目を輝かせてうたいました。キアステンもずいぶんおとなになりました。今ではもう、つまらないことばかりおしゃべりしている赤ちゃんではありませんでした。背がのびて、考えぶかくなり、体つきもすらりとしています。古いアルバムにはってある、七才のときのリーセにそっくりです。

ピーター＝ニールセンは死んでしまいました。デンマークじゅうが喜びにわきたっているこの日に、ピーターの死を考えるのは、つらいことでした。どんなにつらくても、アネマリーは無理にも、お兄さんとかわりなかった赤毛のピーターのことを考えました。ピーターがナチスに逮捕《たいほ》されて、コペンハーゲンのリューヴェンゲン広場で、みんなの目の前で処刑《しょけい》されたというニュースを受け取ったとき、アネマリーの一家は悲しみにうちひしがれました。

ピーターは銃殺《じゅうさつ》されるまえの晩、牢獄《ろうごく》からアネマリー一家にあてて、手紙を書いてくれていました。アネマリーたちみんなを愛している、死をおそれてはいない、祖国のため、自由を愛する人たちみんなのために働くことができたことを、ほこりに思っている。手紙には、そう書いてありました。そして、リーセの隣《となり》にうめてもらいたいとも。

けれど、そのピーターの最後ののぞみさえ、かなえられませんでした。ナチスはリューヴェンゲン広場で処刑《しょけい》した若者たちのなきがらを、返してくれなかったのです。処刑《しょけい》の場にそのままうめて、番号だけの墓標《ぼひょう》を建てただけでした。あとになってから、アネマリーはお父さんとお母さんとその場を訪れて、番号だけが書いてあるわびしい墓《はか》に花をそなえました。

その夜、戦争が始まったころ、リーセがなぜ死んでしまったか、アネマリーは初めて本当のことを話してもらいました。

「リーセも、レジスタンスの仲間だったんだよ」お父さんが説明してくれました。「ありとあらゆるやり方で、デンマークのために戦ったグループの仲間だったんだ」

「お母さんたちは知らなかったの」お母さんが言いそえました。「リーセは黙《だま》っていたから。リーセが死んだあとで、ピーターが話してくれたの」

「まさか、お父さん！」アネマリーは叫《さけ》びました。「お母さん！　リーセは銃殺《じゅうさつ》されたんじゃないわよね？　ピーターのように、町の広場で、みんなが見ている前で！」

アネマリーは知りたいと思いました。すっかり知らなくてはならないと思いました。知ってしまったあとでそれに耐《た》えられるかどうか、それはわかりませんでしたけれど。

でも、お父さんは首を横に振りました。

「リーセはピーターやほかの仲間たちと、ある地下室で秘密の作戦会議をひらいていたんだ。どうしてかはともかく、ナチスがそのことをかぎつけて、その夜、そこに踏みこんだ。リーセたちは別れ別れになって、なんとか逃げようとした」

「なかには、うたれた人もいたの」お母さんが悲しそうに言いました。「ピーターもうたれたわ、腕《うで》を。リーセのお葬式《そうしき》のとき、ピーターが腕《うで》に包帯《ほうたい》をして、肩からつっていたのを、覚えていない？　上からコートをかけて、わからないようにしていたけれど。それに、帽子《ぼうし》をかぶって、赤毛を隠《かく》していたでしょ。ナチスがピーターを探しまわっていたの」

アネマリーは覚えていませんでした。気がつかなかったのです。あの日のことは、ただ悲しみに包《つつ》まれて、ぼんやりしているだけでした。

「でも、リーセは？　うたれたのでなければ、どうしたの？」

「ドイツ兵が、リーセが逃げていくのを見つけて、車でひき殺したんだ」

「じゃあ、お父さんたちが言ったことは、本当だったのね。車にはねられたっていうのは」

「そう、本当だった」お父さんが言いました。

「みんな、まだとても若かったのに。とても、とても若かった。夢やのぞみにあふれていた」

お母さんはそう言って首を振り、目をしばたいてから一瞬目を閉じて、長く深いため息をつきました。

アネマリーはリーセのことを思いだしながら、ベランダに立って、通りを見おろしていました。音楽や歌声にあふれかえり、教会の鐘《かね》の音《ね》がひびきわたっている通りでは、人々が踊《おど》っていました。それを見ているうちに、またもうひとつの思い出がよみがえってきました。ずっとまえのリーセの思い出、婚約《こんやく》を発表した夜、黄色いドレスを着て、ピーターと踊《おど》っていたリーセの思い出が。

アネマリーは家のなかにはいって、自分の部屋に行きました。青いトランクが、部屋のすみに、この何年ものあいだ、立てかけたままになっていました。トランクを開けると、黄色いドレスは色があせはじめていました。たたんだままになっていたので、折り山の色が変わってしまったのです。アネマリーはドレスのスカートをていねいにひろげて、エレンのペンダントを隠《かく》しておいたポケットのあるところを見つけだしました。小さなダビデの星は、今も金色に輝いていました。

アネマリーは、家族とベランダに立って、大喜びしている群衆《ぐんしゅう》を眺めているお父さんのところに戻っていきました。そして、握《にぎ》っていた手を開いて、お父さんにペンダントを見せました。

「お父さん、これ、なおせる？ ずっと隠《かく》しておいたの。エレンのよ」

お父さんはアネマリーの手からペンダントを取って、こわれている留《と》め金《がね》を調べました。

「だいじょうぶ、なおせるよ。ローセンさんたちが戻ってきたら、エレンに返してあげるといい」

「それまで」アネマリーはお父さんに言いました。「わたしが胸にさげているわ」

作者あとがき

ロイス＝ローリー

アネマリーの物語は、どれくらい本当のことなのですか？　みなさんはきっと、そうお聞きになると思います。どこまでが本当で、どこからが物語なのか、それをここでお話しましょう。

アネマリー＝ヨハンセンは、わたしの想像のなかから生まれた子どもです。けれど、ただの想像から生まれたわけではなく、友人のアネリーセ＝プラットがわたしにしてくれた本当の話から生まれて、大きくなった子どもです。アネリーセ＝プラット自身、じつは、デンマークがドイツに占領《せんりょう》されていたとき、コペンハーゲンで暮らしていた子どもでした。

アネリーセは、自分の家族や近所の人たちが、そのあいだ、どんなつらい思いをしたか、どんな犠牲《ぎせい》をはらわなくてはならなかったか、よく話してくれました。わたしはアネリーセの話に心をうばわれましたが、それだけでなく、デンマークの人たちが、愛するデンマーク王クリスチャン十世《せい》のもとに一丸《いちがん》となって、勇気ある誠実《せいじつ》な態度をとりつづけたという話に、なおいっそうひきつけられました。

その感動をもとに、アネマリーとその家族を考えだしたのです。わたし自身、一九四三年に本当におこったことを参考にして、アネマリー一家の暮らしを想像しながら、コペンハーゲンのある通りを歩きまわっていたことがあるので、一家はその通りにあるアパートに暮らしているということにしました。

一九四〇年、デンマークはドイツに降伏《こうふく》しました。理由は、お父さんがアネマリーに説明したとおりです。デンマークは小国《しょうこく》で、軍隊らしい軍隊もなく、国を守る力がありませんでした。巨大な力を持つドイツに歯《は》向《む》かったら、国民はたちまち破滅《はめつ》の道を歩むことになるでしょう。そこで——確かにとても悲しいことでしたが——クリスチャン王は降伏《こうふく》し、一夜《いちや》のうちに、ドイツ軍がなだれこんできました。それから五年のあいだ、ドイツはデンマークを占領《せんりょう》していました。街角《まちかど》という街角《まちかど》に、銃《じゅう》をたずさえ、ぴかぴかにみがきあげた長靴《ちょうか》をはいた兵隊が、いつも立っていました。新聞も、交通機関《こうつうきかん》も、政府も、学校も、病院も、デンマーク人の日々の暮らしも、ドイツ軍の思いのままでした。

けれど、そのドイツ軍も、クリスチャン王を思いどおりにするわけにはいきませんでした。毎朝クリスチャン王が馬に乗り、護衛《ごえい》もつけずにたったひとりで宮殿《きゅうでん》をでて、町で人々に声をかけたというのは、本当のことです。それに、お父さんが、アネマリーにした話がありましたね。ドイツ兵がデンマークの男の子に、「あの男は誰だ?」と聞いたという話です。あれは、当時のことを記録した文献《ぶんけん》のなかに残っている実話《じつわ》なのです。

一九四三年八月、デンマークが、コペンハーゲン港《こう》に停泊中《ていはくちゅう》の自国海軍の船艦《せんかん》をすべて爆破《ばくは》して、沈没《ちんぼつ》させたというのも、やはり本当のことです。ドイツ軍のものにされて、使われたくなかったからです。

新年はユダヤ教の大祭日《だいさいじつ》ですが、一九四三年のその新年に、物語のなかのローセン一家のように、コペンハーゲンのシナゴーグ（ユダヤ教会堂《きょうかいどう》）に集まった人たちは、ドイツ軍がユダヤ人たちを〝配置がえ〟しようとしていると、ラビから危険を告げられました。

ラビがそれを知っていたのは、ドイツ軍のある高級将校《こうきゅうしょうこう》がデンマーク政府に情報を流し、政府がユダヤ人のリーダーたちに知らせたからでした。そのドイツ人将校《しょうこう》は、G=F=ドゥックヴィッツといいます。わたしはその人の墓《はか》に、今もたえず花がそなえられているように祈っています。そのおかげで、警告を信じなかった人はともかく、ほとんどのユダヤ人たちが、最初のいっせい検挙《けんきょ》をのがれました。デンマークの友人たちの腕《うで》のなかに逃げこんだのです。友人たちはユダヤ人たちを引き取り、食事を与え、衣服を提供《ていきょう》し、かくまい、手を貸して、スウェーデンに逃がしました。ユダヤ人の新年に続く数週間のあいだに、デンマークに住んでいたユダヤ人のほとんどが――七千人近いユダヤ人が――ひそかに海を渡って、スウェーデンにのがれました。

アネマリーは手でかがった小さな麻《あさ》のハンカチを、ヘンリックおじさんに届けましたが、あのハンカチはどうなのでしょう? 物語の主人公《しゅじんこう》の少女を英雄《えいゆう》にしてあげたくて、作者が作りだしたにちがいないとお思いですか?

いいえ、違います。ハンカチも、歴史の一部です。ナチスが警察犬を使って、漁船《ぎょせん》に隠《かく》れているユダヤ人たちをかぎださせるようになったので、スウェーデンの科学者たちはただちに、見やぶられずにすむ方法を考えだしました。うさぎの血を乾燥《かんそう》させたものとコカインで、強力な粉ぐすりを作りだしたのです。うさぎの血が犬をひきつけますが、それをかぐと、コカインが臭覚《しゅうかく》を麻痺《まひ》させて、しばらくのあいだ、なんのにおいもしなくなります。ほとんどの漁船《ぎょせん》の船長たちが、この粉ぐすりをしみこませたハンカチを持っていて、そのおかげで、多くの人の命が救われました。

ユダヤ人たちを救ったこの秘密の作戦は、デンマークのレジスタンスが展開したものでした。デンマークのレジスタンスも、ほかのレジスタンス運動と同じように、たいへん若くて、たいへん勇気のある若者たちが中心になっていました。ピーター＝ニールセンは実在《じつざい》の人物ではありませんが、そういう勇気にあふれ、理想に燃えた若者たち、そして、多くがナチスの手中《しゅちゅう》に落ちて命を失《うしな》った若者たちの代表です。

わたしはデンマークのレジスタンスの指導者たちについて読んでいくうちに、キム＝マルテ＝ブルーンという名の若者の話にいきあたりました。キムはナチスに逮捕《たいほ》され、わずか二十一才という若さで処刑《しょけい》されました。

わたしはキムの話を読んだときも、ほかの若者たちの話と同じように、ページを繰《く》っては、あちこち拾い読みしていました。妨害行為《ぼうがいこうい》を組織し、戦術をねり、逮捕《たいほ》され、逃亡《とうぼう》し……。しばらくそんなことばかり読んでいると、勇敢《ゆうかん》な行為《こうい》さえ、あたりまえのことに思えてきてしまいます。そして、あるとき、なんの心の準備もなしにページを繰《く》ったわたしは、キム＝マルテ＝ブルーンの写真と向き合っていました。タートルネックのセーターを着て、ふさふさした軽い髪が風になびいていました。キムの目が、まばたきひとつしないで、ページのなかからわたしを見つめていました。

そんなに若いキムがそこにいるのを見て、わたしは胸をかきむしられました。けれど、キムの少年のような目に浮かんでいた静かな決意が、わたしにキムの話を書こうと決心させました。キムの話を、キムと夢をわけ合ったデンマークの人たちの話を。

この若者が死を迎えるまえの晩、母親にあてて書いた手紙の一部をご紹介することで、この一文をしめくくりましょう。

……そして、みなさんに覚えていてもらいたいのです——戦争まえの自分に戻ることを夢見てはなりません。あらゆる人が、若者も老人も、品位《ひんい》ある人間の理想の姿を夢見なくてはなりません。偏狭《へんきょう》な、偏《へん》見《けん》に満ちたものではない、理想の姿を。それこそわたしたちの国が心からのぞむ偉大《いだい》なもの、どんな小さな農家の少年でも目ざすことができるもの、誰もがその実現に喜んで手を貸せるものです——わが身をささげて、戦いぬくことのできるものです。

それこそ——品位《ひんい》ある人間の住む世界こそ——今でもあらゆる国がのぞんでいるものです。このデンマークとデンマークの人たちの物語が、そういう世界を実現することができるのだということを、あらためてわたしたちに思いおこさせてくれることを、願ってやみません。

作者／ロイス＝ローリー
1937年ハワイ生まれ。連合陸軍の歯科医将校だった父について各地を転々とし、1948年からの２年間、11才から13才までを日本で過ごした。結婚、出産を経て、1977年に処女作『モリーのアルバム』を発表。現在までに約40冊の小説を発表しており、作品世界やスタイルは多彩。1990年に本作品で、1994年に『ギヴァー記憶を注ぐ者』（新評論）で、世界的に名高い児童文学賞であるニューベリー賞を２度受賞している。現在はマサチューセッツ州ケンブリッジ在住。

訳者／掛川恭子
1936年東京生まれ。津田塾大学英文科卒業。英米の児童文学・絵本の翻訳で活躍している。主な訳書に『赤毛のアン』全10巻（講談社)、『ベントリー・ビーバーのものがたり』（のら書店)、『ルピナスさん』（ほるぷ出版)、『バンブルムース先生とゆかいななかま』『アルフはひとりぼっち』（ともに童話館出版）などがある。

訳者／卜部千恵子
1959年東京生まれ。東京女子大学卒業。主な訳書に『みにくいガチョウの子』『まいごのフォクシー』『ふしぎな家の番人たち』（ともに岩波書店）などがある。

絵／太田大輔
1953年東京生まれ。デザインの仕事を経て、イラストレーターとなる。出版、広告などで幅広く活躍。アメリカや国内で個展を開く。画法は、筆画・木版画・コンピューターなど多彩。絵本に『カラクリ江戸あんない』（福音館書店）他。現在は江戸時代をテーマにした絵本や読み物を制作中。

子どもの文学●青い海シリーズ・26

ふたりの星

2013年11月20日　第１刷発行

作／ロイス=ローリー
共訳／掛川恭子・卜部千恵子
絵／ 太田大輔

238P 22×15.5cm NDC943
ISBN978-4-88750-140-9

発行者　川端　強
発行所　童話館出版
長崎市中町５番21号（〒850-0055）
電話095(828)0654　FAX095(828)0686
http://www.douwakan.co.jp
印刷・製本　大村印刷株式会社

※この作品は、講談社より1992年に初版刊行されたものを、
一部修正し、イラストを変えて出版したものです。